共和国的历程

旗开得胜

志愿军发起第一次战役

刘 亮 编写

蓝天出版社 吉林出版集团有限责任公司

图书在版编目（CIP）数据

旗开得胜：志愿军发起第一次战役／刘亮编写.
—北京：蓝天出版社，2014．1（2023.3重印）
（共和国的历程）
ISBN 978-7-5094-1083-7

Ⅰ．①旗… Ⅱ．①刘… Ⅲ．①革命故事－作品集－中国－当代 Ⅳ.
①I247．8

中国版本图书馆 CIP 数据核字（2013）第 305419 号

旗开得胜——志愿军发起第一次战役

编　　写：刘　亮
策　　划：金永吉　荆忠峰
责任编辑：祖　航　孔庆春
出版发行：蓝天出版社　吉林出版集团有限责任公司
地　　址：北京市复兴路 14 号
邮　　编：100843
电　　话：010—66983715
经　　销：全国新华书店
印　　刷：北京柏玉景印刷制品有限公司
开　　本：710mm×1000mm　1/16
字　　数：69 千
印　　张：8
版　　次：2014 年 4 月第 1 版
印　　次：2023 年 3 月第 3 次
定　　价：29.80 元

前　言

　　中华人民共和国自 1949 年 10 月 1 日成立以来，已走过了六十多年的风雨历程。历史是一面镜子，我们可以从多视角、多侧面对其进行解读。然而有一点是可以肯定的，那就是，半个多世纪以来，在中国共产党的领导下，中国的政治、经济、军事、外交、文化、教育、科技、社会、民生等领域，都发生了深刻的变化，中国人民站起来了，中华民族已屹立于世界民族之林。

　　这段时间放到整个历史长河中是短暂的，有如弹指一挥间，但它带给中国的却是极不平凡的。六十多年里神州大地经历了沧桑巨变。从开国大典到 60 年国庆盛典，从经济战线上的三大战役到经济总量居世界前列，从对农业、手工业、资本主义工商业的三大改造到社会主义市场经济体制的基本确立，从宜将剩勇追穷寇到建立了强大的国防军，从废除一切不平等条约到独立自主的和平外交政策，从"双百"方针到体制改革后的文化事业欣欣向荣，从扫除文盲到实施科教兴国战略建设新型国家，从翻身解放到实现小康社会，凡此种种，中国人民在每个领域无不留下发展的足迹，写就不朽的诗篇。

　　六十几年在历史的长河中犹如沧海一粟，但对身处其间的个人却是并非无足轻重的。其间究竟发生了些什么，怎样发生的，过程怎样，结果如何，非人人都清楚知道的。对此，亲身经历者或可鲜活如昨，但对后来者却可能只是一个概念，对某段历史的记忆影像或不存在或是模糊的。基于此，为了让年轻人，特别是青少年永远铭记共和国这段不朽的历史，我们推出了这套《共和国的历程》。

《共和国的历程》虽为故事形式，但与戏说无关，我们是想借助通俗、富于感染力的文字记录这段历史。这套丛书汇集了在共和国历史上具有深刻影响的重大历史事件。在丛书的谋篇布局上，我们尽量选取各个时代具有代表性的或深具普遍意义的若干事件加以叙述，使其能反映共和国发展的全景和脉络。为了使题目的设置不至于因大而空，我们着眼于每一重大历史事件的缘起、过程、结局、时间、地点、人物等，抓住点滴和些许小事，力求通透。

历史是复杂的，事态的发展因素也是多方面的。由于叙述者的视角、文化构成不同，对事件的认知或有不足，但这不会影响我们对整个历史事件的判断和思考，至于它能否清晰地表达出我们编辑这套书的本意，那只能交给读者去评判了。

这套丛书可谓是一部书写红色记忆的读物，它对于了解共和国的历史、中国共产党的英明领导和中国人民的伟大实践都是不可或缺的。同时，这套丛书又是一套普及性读物，既针对重点阅读人群，也适宜在全民中推广。相信它必将在我国开展的全民阅读活动中发挥大的作用，成为装备中小学图书馆、农家书屋、社区书屋、机关及企事业单位职工图书室、连队图书室等的重点选择对象。

编　者

2014 年 1 月

目 录

一、 战略方针

● "马上给我准备吉普车，"彭德怀没有寒暄，直接对邓华说，"我先过江。"

● 彭德怀从车窗里探出头来，向身后深情地望去。身后，宁静安详，村庄里的零星灯火静静地在水雾之中闪烁。

● 中国士兵们都在注意着这条白线。在跨过白线的一刹那，他们的鼻子都有些酸。

十三兵团渡江计划

1950 年 10 月 19 日，天气阴沉，浸满雨水的铅云压在沈阳机场上空。

一架银白色客机拔地而起，向北飞去。不久，飞机与护航的 4 架战斗机会合，随即风驰电掣地朝边境机场安东（今丹东）飞去。

客机上，彭德怀穿着一身粗呢黄军装，靠在座椅上，低头看着从朝鲜发来的最新战报。

自从以美军为首的"联合国军"从仁川登陆后，朝鲜战争形势就发生了逆转。已经打到三八线以南的朝鲜人民军在"联合国军"优势兵力和优势装备的打击下，不得不撤回到三八线以北地区。

"联合国军"不顾我国政府的严正警告，他们发挥机械化的优势迅速北犯，悍然越过三八线。到 19 日，"联合国军"已经占领朝鲜人民民主共和国的首都平壤。

就在飞机离开沈阳机场前，彭德怀还听到了美军飞机轰炸鸭绿江大桥的爆炸声。

入侵朝鲜绝不是美国人所说的捍卫朝鲜半岛的和平与自由，他们的如意算盘是：北压朝鲜，南侵台湾，东连日本，三面虎视新中国。

面对严峻的形势，毛泽东洞若观火，他决定以实际行动告诉美国，像当年日本入侵中国那样把朝鲜半岛作为跳板已经行不通了。10月18日，毛泽东电令志愿军第十三兵团：

　　自明日 19 时从安东和辑安线开始渡鸭绿江。

　　彭德怀临危受命，出任中国人民志愿军总司令兼政治委员。此时，彭德怀心急如焚，一方面，前方战况急如星火，一天数变；另一方面，他也非常担心美军发现我军的意图。

　　按照毛泽东最新的部署，我军隐蔽入朝后，将在平壤、元山铁路以北，德川、宁远公路线以南地区构筑两道至三道防线。如果敌人来攻，则在阵地前分割歼灭；如平壤美军、元山南朝鲜军两路来攻，则打孤立较弱的一路。

　　这个部署的关键是，我军一定要隐蔽开进，否则就会遭到美军优势火力的打击。

　　彭德怀不时地向舷窗外望去。虽然，乘飞机比当年用双脚快了许多，但他依然嫌飞机飞得太慢了。

　　飞机终于在安东机场降落。彭德怀急匆匆地下了飞机，登上汽车。汽车一路飞奔，驶进了十三兵团的驻地。

　　十三兵团司令邓华，副司令洪学智、韩先楚等早已等候在院子里。

战略方针

"马上给我准备吉普车，"彭德怀没有寒暄，直接对邓华说，"我先过江。"邓华转身让人马上准备车子。

来到会议室，彭德怀扫视了一眼围成一圈的兵团首长们，说："从今晚起，在安东和辑安两个渡口，部队利用夜色掩护，秘密渡江。现在美军和伪军兵分两路，中部隔着狼林山脉和赴战岭山脉，两路失去联系，无法协同作战。我们一定要利用敌人的骄傲麻痹，出其不意，打一个漂亮仗！"

邓华抓紧时间向彭德怀简要介绍了渡江计划：

除四十二军 16 日晚先渡江外，今晚的开进计划是四十军两个师开始渡江，即一一八和一二〇师。明晚军部和一一九师渡江。21 日晚炮四十二团及军后勤渡江。

彭德怀严肃地问了一句："这是从安东吧？"

"是的，是的。从长甸河口，三十九军一一七师今晚渡江，明晚全师进至朔州以南向泰州开进。军主力乘车运至安东，22 日晨 1 时开始尾随四十军自安东渡江。"

邓华说到这里，顿了一下，接着说："炮司、炮一师欠 1 个团，24 日晚渡江，沿义州邑、朔州向温井开进。"

"四十二军方向呢？"彭德怀又问东线的渡江情况。

邓华回答："16 日晚，部队开始渡江，中间，按兵团命令又停下来，今晚继续渡江，21 日晚渡江完毕，向预定位置前进。先头师过江后，已与朝鲜人民军联系上了。"

"三十八军呢?"

"三十八军 21 日晚车运辑安。"

"嗯，通令各部队必须严格遵守与掌握渡江时间。夜行晓宿，早晨 5 时前要全部隐蔽完毕。渡江后，各部队一律采取夜行军。严防有的部队出现差错，影响大局。"

"已经向各军炮司提出了要求。"

听到这里，彭德怀满意地点了点头。接着，他把目光投向其他人，坚定地说："我军渡江后，要决心控制龟城、泰川、球场、德川、宁远、五老里一线为基本防卫阵地，以小部队向南延伸。"

说着，彭德怀站起来，走到地图前，用手指着地图说："三十九军要控制龟城、泰川一线地区；四十军要控制宁边、球场、宁远一线地区；四十二军主要控制社仓里、五老里一线地区。三十八军集结于江界、辑安地区机动。炮司集结在温井、北镇、熙川地区。"

彭德怀的手在地图上画出了一个向下突出的弧线，弧线压住了地图上代表"联合国军"的蓝色箭头。

彭德怀把双手背到身后，接着对将军们说："此次入朝，是在新的条件下，与新的敌人作战，部队的精神压力较以前各次战争都大，情绪也不如以前饱满。各部队要加强政治教育，要认识此次出国作战的重大意义，要用算账的办法把敌我力量和我军必胜的条件和干部们讲

战略方针

明白，克服对美帝力量的过高估计。

"军委要求，我入朝部队，必须前面顶住敌人，保持阵地，稳定形势，加紧装备，准备反攻。作战方针是，以积极防卫战与运动战相结合，以反击、袭击、伏击歼灭和消耗敌人的有生力量。"

接着，彭德怀开始进行敌情分析："根据目前敌人进展情况来看，敌人还未发觉我军的行动，敌人可能继续冒进。

"可能出现三种情况：一是敌人先我到达预定地区；二是我刚到敌人即来；三是在行进中遭遇。无论是哪种情况，都有利于我造成从运动中歼灭敌人的机会。各部队要以战斗姿态前进，随时准备包围歼敌。各军各师都要针对可能出现的三种情况订出作战计划，争取初战必胜！"

邓华说："彭总说得对，尤其是我军第一次出国作战，山多林密，道路不熟，这个问题必须强调，十分重要。"

彭德怀点了点头，又低头看了看手表，会议已经进行了快一个半小时了。于是，他对走进来的作战参谋杨凤安说："叫车过来吧。"

志愿军统帅与部队失去联系

1950 年 10 月 19 日，彭德怀只带了一名参谋、几个警卫和一辆电台车就出发了。

汽车一路行驶，来到笼罩着灰色水雾的鸭绿江边。江水泛着土黄色，吐着白沫，翻滚着浪花，一路奔腾而去。

就在汽车即将驶离国土的一刹那，彭德怀命令："停车!"机车戛然而止。

彭德怀从车窗里探出头来，向身后深情地望去。身后，宁静安详，村庄里的零星灯火静静地在水雾之中闪烁。

"走吧!"彭德怀对司机说。汽车超过正在前进的四十二军前锋部队，驶进朝鲜的国土。

过了江，就是朝鲜的边境城市新义州。在这里，彭德怀遇到了朝鲜副首相朴宪永。彭德怀问金日成首相在什么地方。朴宪永说他也不知道金日成在什么地方。不过，据可靠情报，平壤的确已经被敌人占领。

彭德怀立即打开地图查看。他在地图上一算，发现敌人前进的速度比自己预料的要快得多，他的脸色变得更加严肃起来。

在朴宪永的带领下，彭德怀又向另一个接头地点出

战略方针

发。汽车在累累的弹坑中间绕来绕去，像风浪中的一叶小舟在公路上颠簸前进。

彭德怀已经困得几乎抬不起头来。参谋劝彭德怀睡一会，彭德怀揉着眼睛说："我带兵打仗几十年，从来没有遇到像这样既不明敌情又不明友情的被动情况。如果敌人保持这样的进攻速度，那么我们的部队很可能要打遭遇战了。"

20 日黎明，彭德怀到达了位于鸭绿江南岸的水丰发电站。按照约定，他在这里等金日成的消息。等了一个上午，终于有了金日成的消息。会见的地点是平安北道昌城郡北镇附近。

彭德怀立即命令出发。汽车一路向南，遇到了像洪水一样撤退下来的朝鲜党政机关人员、军队和难民。彭德怀的汽车在人流中走走停停，不久就与电台车失散了。这样，作为志愿军统帅的彭德怀彻底与自己的部队失去了联系。

21 日凌晨 4 时，彭德怀来到距离北镇 3 公里的一座名叫大榆洞的金矿。

在这里，彭德怀遇到了一直在寻找他的中国驻朝鲜大使馆代办柴成武。

此前，柴成武已经通知了朝鲜方面说彭德怀希望见到金日成，并强调彭德怀现在的职务全称是"中国人民志愿军司令员兼政治委员"。

彭德怀向柴成武询问了目前的战局之后，在一个破瓦盆中洗了脸，吃了朝鲜的米饭和泡菜，然后准备去见金日成。

两个人顺着田埂向金日成等待的地点走去。彭德怀突然问柴成武："你有剪刀吗?"看到柴成武惊讶的眼神，彭德怀解释说："我的军装的袖口破了，露出的线头儿长短不齐，这样见一个首相不礼貌。"

柴成武听了，拿出一只指甲刀帮着剪线头儿。但效果不好，彭德怀只好失望地说："算了吧。"

迎着微微显出鱼肚白的晨光，两个人踩着田埂向前走去。

战略方针

彭德怀与金日成会晤

1950 年 10 月 21 日 9 时，在晨光中，彭德怀在德川附近的大榆洞与朝鲜首相金日成进行了第一次会谈。

金日成在门口热烈迎候彭德怀。他一见面就上前紧紧地握住彭德怀的手说："欢迎你，热烈欢迎彭德怀同志！我可久仰你的大名了！"金日成操着一口流利的汉语说。

在抗日战争时期，金日成曾在我国东北的吉林、通化一带率领抗日联军一部与日寇展开长期的游击战争，因此，汉语说得比较好。

"你好，金日成同志，毛泽东同志让我代他向你问好！"彭德怀热情地回答。

彭德怀对东北抗日联军艰苦卓绝的斗争早有耳闻，尤其是对金日成的名字和事迹早就熟知了。当他见到金日成，并且可以不用翻译立即开始热烈的交谈时，他心里特别高兴。

随后，金日成将彭德怀、柴成武引进室内，按着朝鲜的风俗脱了鞋席地而坐。

根据柴成武代办的笔录，双方进行了如下的谈话：

金日成：让我代表朝鲜党、朝鲜人民和朝

鲜政府再一次向你彭德怀同志表示热烈欢迎。

现在是我们最困难的时刻。在我没有接到倪大使、柴同志通知的时候，我就相信你们是会来的。现在你来了，非常欢迎！非常感谢！

彭德怀：首相同志，你辛苦了。你们的斗争不仅是为了你们自己，你们已经付出了重大的民族牺牲，我们理应支援。毛泽东主席、周恩来总理要我转达对你的问候和慰问。如果说感谢，应该感谢朝鲜人民和朝鲜人民军。

金日成：谢谢，谢谢！情况很紧急，是否先请你谈一谈中共中央的决定和有什么打算？

彭德怀：我们的部队10月19日晚分别由安东（今丹东）、长甸河口、辑安（今集安）等处开始渡江，向朝鲜战场开进。

金日成：我已知道了。

彭德怀：这次出动是仓促的，部队改换新装备尚没有完成，临战前的训练有的部队还没有进行。

……

金日成：好，好！

彭德怀：我们准备先在平壤、元山一线以北，德川、宁远一线以南的地区构筑防御线，构起两三道防御线，求得保持一块革命根据地，作为今后消灭敌人的基地。

战略方针

半年之内，如敌人来攻，则在阵地前面予以分割歼灭；如平壤、元山同时来攻，则打孤立薄弱一部；如果敌人不来攻，我们也暂不去攻他，等我们换装、训练完毕，空中和地面都具有压倒优势的条件以后，再去攻击平壤和元山。我们这种想法，行不行，听听首相同志的意见。

金日成：非常感谢，感谢毛主席！中共中央的决定我完全赞成。

彭德怀：现在的问题是，部队过江和开进都需要时间，修筑工事又需要时间，根据现在敌人疯狂冒进的情况，这一设想能否实现，令人担心。所以我们希望人民军继续组织抵抗，尽可能迟滞敌人的前进，以争取时间。

金日成：敌人十分嚣张，不可一世。昨晚得到的消息，东部敌人 17 日已占咸兴，正企图继续北上，中路敌人 19 日已占阳德、成川，西路敌人 19 日已进到平壤南郊。

人民军由南方撤回来的部队，西线已到达指定地点集结，进行整顿；东线多数电讯中断，估计他们很困难。我已经派人送命令给东线军团，让他们占领黄海道、江原道地区，开展游击战拖住敌人，可是派去的人至今没有消息。

彭德怀：现在手上能作战的兵力有多少？

金日成：现在马上能作战的兵力不足 4 个师。一个工兵团、一个坦克团在长津附近，一个师在德川、宁远以北，一个师在肃川，还有一个坦克师在博川，我们将尽一切努力抵抗。

彭德怀：毛主席和我们党中央下这个决心的确是不容易的，中国大陆刚刚解放，困难很多。

现在既然决定出兵了，第一要看能不能在公平合理地解决朝鲜问题上有所帮助，最关键的是能不能歼灭美国军队；第二，不能不防备美国宣布同中国处于战争状态，至少要防备它轰炸东北和我国的工业城市，攻击我沿海地区，这方面已经有所防备。

现在咱们面临的问题是部队过江了，究竟能不能站得住脚。我看无非有三种可能：一是站住了脚，歼灭了敌人，争取朝鲜问题合理解决；二是站住了脚，歼灭不了敌人，僵持下去；三是站不住脚，被打了回去。我们力争第一种可能。

就在会谈进行的时候，大群美军飞机飞过他们的头顶。彭德怀的电台车没有跟上，金日成身边也没有电台，他们对身边正在发生的重大变化都无法知道。

其实，敌人的先头部队已经由德川经熙川窜到大榆

战略方针

洞东北方向的桧木洞，并绕到了他们的身后。只是，急于向边境推进的美军，并没有注意侧后的这个小村落。彭德怀与金日成才幸免于难。

会谈结束时已经到了中午，金日成留彭德怀进午餐。几个朝鲜女同志端来大米饭和一盆清炖鸡，还有几碟泡菜和几个罐头。

金日成搓着两手，抱歉地说："彭司令，战争时期，条件差，没什么好招待，大家将就用一点吧！"

"哎，这个东西好吃，"彭德怀用筷子夹起些泡菜放到嘴里嚼着，连说，"清口，下饭……"

各路大军隐蔽开进异国他乡

1950 年 10 月 19 日黄昏，中国人民志愿军十三兵团 4 个军开始从安东、长甸河口、满浦横渡鸭绿江。

指战员们摘掉了帽徽和胸章，身着土黄色的单衣和棉衣，左臂扎白毛巾，头顶树枝树叶，在寒风冷雨中迈开大步疾行。

没有出征的礼炮，没有欢送的锣鼓，数万人的大军隐蔽开进，只听见脚步声和涛声激荡。

首先越过中朝边界的是第四十二军作为先期侦察部队的一二四师的三七〇团，他们比大部队提前三天渡江。

四十二军 5 万多人的队伍从满浦铁桥和临时搭建的浮桥过江，他们前进的目标是朝鲜的长津湖地区。在铁桥的中央，桥面上有一条白线，那是中朝两国的分界线。双脚跨过这条白线就是异国他乡了。

中国士兵们都在注意着这条白线，在跨过白线的一刹那，他们的鼻子都有些发酸。

紧跟四十二军过江的是三十八军，他们集结的目标是江界。此时，那里已经成了朝鲜的临时首都了。

三十八军刚刚开进到江边就接到了"军情紧急，立即过江"的命令。指战员们不顾疲劳，马上出发。

三十九军的一一五师、一一六师从安东过江，一一

战略方针

七师从长甸河口过江，目标是龟城、泰川。

这个夜晚是载入史册的夜晚，共和国的军队第一次踏上了异国的土地。

三十九军军长吴信泉在回忆这个夜晚时这样说：

我坐在吉普车里，伸手就可以摸到鸭绿江大桥，大桥就像从两国土地上伸出的一双手臂，在江中相拥……

队伍非常肃静，每个人都在默默地走着，谁也没说什么话，但我听出有的战士在数着这座桥有多长，从中国到朝鲜只有 1500 多步的距离。

车过大桥中央，也就是两国分界线，我听到有的战士激动地问干部："连长，现在是几点几分？"

志愿军一进入朝鲜，首先感受到的是"联合国军"飞机的低空侦察和扫射。

经过一夜的风雪行军，大部队隐藏在树林的雪窝里。指战员们常常看到敌机贴着山梁、掠着树梢飞来飞去。有的部队白天隐蔽的汽车就在士兵的眼皮底下被敌机炸得燃起大火，部队也出现了因空袭产生的伤亡。

北撤的朝鲜人民军遇到志愿军，第一句话就问："你们有飞机没有？"一听说没有，他们都一个劲儿地摇头。

随着部队的前进，志愿军士兵们看到了朝鲜劳动党员、民青盟员，甚至普通的村民被南朝鲜军杀害后横陈遍野的尸体，还有敌机轰炸给普通百姓造成的损害。民房在燃烧，母亲被炸死，孩子趴在亲人身上哭叫，耕牛死在稻田里……

干部们不失时机地开展动员："大家已经看到了，什么是抗美援朝、保家卫国？就是为这些受苦受难的朝鲜人民报仇！就是绝不让美国侵略军制造的灾难在我们神圣的国土上重演！"

士兵们不再紧张了，他们甩开大步，跟紧队伍，向着战区坚定前进。

志愿军入朝两天后，战场形势发生了巨大变化。

西线的南朝鲜军第二军团的第六、七、八师已经前进到奥顺川、成川一线，距离志愿军原定的防御线仅有100多公里了。东线的南朝鲜军首都师已经占领了四十二军原准备防御的五老里、洪原等地。

而志愿军已经过江的 5 个师距离防御地区至少还有120 到 270 公里，他们已经不可能先敌到达防御地区了。

战略方针

毛泽东指示"运动中歼敌"

1950 年 10 月 19 日,"联合国军"攻占朝鲜后,认为胜利指日可待,便放胆冒进。

他们乘汽车沿公路长驱直入,并且分兵突进。东西两线部队之间被狼林山脉阻隔,敞开 80 多公里的缺口,而且各师、团之间也逐渐出现分散行动、各自为战的状态。特别是西线南朝鲜军第六、七、八师已经与美军部队脱离。

我军虽然不能先敌抢占防御阵地,但南朝鲜军还没有发现我军入朝。这一形势有利于我军利用敌人战略上的判断错误和分兵冒进的弱点,从运动中对南朝鲜军实施突然攻击。

毛泽东审时度势,当机立断,于 10 月 21 日凌晨指示志愿军放弃原订计划,改以"从运动中歼敌"为作战方针。电报指出:

> 现在是争取战机问题,是几天之内完成战役部署,以便几天之后开始作战的问题,而不是先有一个时期部署防御,然后再谈攻击的问题。

在战役部署上，毛泽东指出：

> 我军第一仗如果不准备打东线的南朝鲜军首都师、南朝鲜军第三师，则以第四十二军的一个师位于长津地区阻敌即够，第四十二军的主力则宜放在孟山以南地区，即南朝鲜军第六师的来路，一边切断元山、平壤间的铁路线，钳制元山、平壤两地之敌，使之不能北援，便于我集中3个主力军各个歼灭南朝鲜军第六、七、八师。并要注意控制妙香山、小白山等制高点，割断东西两敌。

毛泽东在电报中还指出：

> 此时是歼灭南朝鲜军3个师，争取出国第一个胜仗，开始转变朝鲜败局的极好机会。

考虑到志愿军还没有成立指挥机关，毛泽东指示十三兵团部立即到彭德怀所在地，并改组为中国人民志愿军司令部。

然而，彭德怀此时正准备与金日成会谈，身边没有电台，无法收到毛泽东的指示。

会谈后，彭德怀在荒草丛中焦急地踱步。从金日成那里得知，我军已经不可能按照原定的计划进行部署了，

战略方针

而且很可能与"联合国军"遭遇。

此时，彭德怀最渴望见到的是那辆载有电台的卡车。炮声中的他对自己失去对战局的了解而焦灼不安。他爬上小山，希望能看到那辆卡车，甚至希望看见自己的部队突然出现，但他看见的依旧是一片一片往北转移的难民。

彭德怀作为入朝军队的统帅，在这危急关头，既联系不上部队，身边又没有一兵一卒，他感到了前所未有的危机。

彭德怀展开战役部署

1950 年 10 月 21 日下午，掉队的电台车几经波折，终于找到了彭德怀。

不苟言笑的彭德怀难得笑了："安全就好，快发报。"

16 时，在与中央中断联系两天后，彭德怀发出了入朝以来的第一封电报。在这封电报中，彭德怀除了向毛泽东汇报了与金日成会面的情况、人民军的状况，在提到自己的战役部署时，他说：

> 目前，应该迅速控制妙香山、杏川洞线以南，构筑工事，保证熙川枢纽，隔离东西敌人联络是异常重要的，请速集中汽车运一个师到妙香山、杏川洞线构筑工事，保障侧翼安全和江界后方交通线。如我军能控制熙川、长津两要点，主力即可自由调动，集中绝对优势兵力打击东西或西面之一路。

战略方针

在战役部署上，毛泽东和彭德怀虽然相隔千里，却心有灵犀地作出了同样的部署，即分割分兵多路突进的"联合国军"，寻机各个击破。

毛泽东当晚收到电报，第二天凌晨回电同意，接着，又发来电报：

> 此次争取歼灭李伪军三个师，这是出国后的第一个胜仗，是开始转变朝鲜战局的极好机会。望彭邓精心计划实施之。彭邓住在一起，不要分散。

至此，志愿军按照毛泽东的指示放弃了原定在平壤、元山一线以北，德川、宁远公路线以南地区组织防御的设想，转而立即部署第一次战役。

10月22日，在全面分析了战场形势和敌我双方情况的对比后，彭德怀把自己的观点电告毛泽东：

> 目前，我无制空权，东西沿海诸城市在敌海、陆、空军和坦克配合攻击下是守不住的，应果断加以放弃，以分散敌人兵力，减少自己无谓的消耗。
>
> 当前战役计划一面以一个军钳制敌人，一面集中三个军寻机歼灭南朝鲜军两个师，争取扩大巩固元山至平壤以北山区。

毛泽东回电称，这个方针是正确的，说：

> 我们不做办不到的事情。

彭德怀等志愿军首长立即展开部署，决定集中3个军于西线作战，各个歼灭南朝鲜军第六、七、八师：

以四十二军一个师附炮兵第八师第四十五团坚守长津地区，阻击南朝鲜军首都师和第三师；

以该军主力首先控制小白山地区，视情况向孟山以南地区挺进；

以第四十军进德川、宁远地区，第三十八军进到熙川地区，第三十九军进到龟城、泰川地区，视情况各个歼灭当面之敌。

与此同时，为了防止第三十九军东进后，新义州至定州之间遭到空袭，防"联合国军"从我侧后登陆，保护交通线，还建议中央军委调一个军到安东地区。

中央军委同意了这个建议，决定将第六十六军编入中国人民志愿军，并令该军立即于10月23日从天津车运安东后，以一个师负责维护新义州、定州线交通，主力为志愿军预备队。

战略方针

"先拿西线伪军开刀"

1950 年 10 月 23 日，彭德怀接到毛泽东的电报，指示志愿军在朝鲜作战的总方针是：

在稳当可靠的基础上争取一切可能的胜利。

这样，志愿军就有了一个明确而又灵活的战略指导方针。

指导方针确定了，彭德怀的心才稍稍放松下来。可是自己依然不清楚各军、各师都在什么位置。志愿军入朝时，曾命令保持无线电静默。

所以，所有部队都按照安东时的部署前进。可是，如果按照在安东的部署，部队不但不能完成任务，而且还会吃亏。但就在要改变原来部署的时候，各部队又联系不上了。

彭德怀又开始焦躁起来："两手空空，又聋又瞎，这仗怎么打？"

就在彭德怀焦躁的时候，第四十军左翼的先头部队——一一八师经过连续五个夜晚的急行军，接近北镇地区。

一一八师师长邓岳听到前面炮声隆隆，判断是温井方向，但是敌情不明，于是仍然按照原计划前进。

在一个山沟里，邓岳发现几个人民军士兵，于是带着翻译上前询问。但是，几个人民军士兵对他们的问题拒绝回答。邓岳火了，大声说出了自己的职务。

正在僵持的时候，彭德怀的参谋看到了邓岳，连忙跑过来，告诉邓岳，彭德怀就在山沟里。

得知彭德怀在这里，邓岳赶紧前去汇报部队的情况。

"好！"终于见到了自己的部队，彭德怀高兴得在邓岳的肩上一拍，"总算把你们盼来了！"

邓岳心里也热乎乎的，他报告说："彭总，我师共有1.3万人，先头部队已到达大榆洞，现在只听到炮声，但无法与军部联系，前线情况也不清楚，请彭总指示。"

彭德怀严肃地说："现在人民军正在撤退，敌人在跟踪追击。情况很危急。你们师赶快到温井占领有利地形，埋伏起来，形成一个口袋，大胆把敌人放进来，然后猛打，狠狠打击一下敌人的气焰，掩护我军主力集结。你们师是打头阵的，出国第一仗，一定要打漂亮！"

邓岳说："请彭总放心，一定打好！"

离开大榆洞之前，邓岳建议留下一个团担任彭德怀的警卫，以防万一。

但是，彭德怀说："不，前线作战需要部队，我这里安全得很。"

邓岳坚持要留下一些人，彭德怀就答应说："那好吧，你们要留部队，不要留那么多，留一个连就行。"

——八师的到达使彭德怀实现了一个愿望：他可以

战略方针

住在大榆洞了，志愿军的指挥所可以建在这里了。

24 日上午，志愿军司令部机关全体人马赶到了大榆洞。下午，十三兵团指挥机关也按毛泽东的电令赶到大榆洞与彭德怀会合。

十三兵团指挥机关开到大榆洞后，当即与志愿军司令部合并，成为"志愿军司令部"的总指挥部。

晚上，在一间很大的木板房里，彭德怀召集邓华、洪学智等人召开志愿军入朝之后的第一次作战会议。

人们围着一张长方形的桌子坐下。就着桌上的烛光，彭德怀一一端详着与会的人。

邓华是个爱动脑筋、能文能武的帅才，你看他坐在那里，一支接一支地抽着香烟，喷云吐雾，不知什么时候就会冒出一个好主意来。

洪学智是个乐天派，再大的困难也不知愁，搞后勤很有一套。

韩先楚是一员勇将，他独当一面时可以让人完全放心。

解方是个儒将，还会几门外语，对敌军情况了如指掌，可以说是个"智多星"参谋长。

"同志们，我看咱们闲话少说，言归正传。"彭德怀待大家坐定后开口道，"开会以前，我先把党中央和军委的任命宣布一下。

"我先补充一句，建议十三兵团指挥部和'志愿军司令部'合并，是我向毛泽东提议的，这可不是端了你们十三兵团的老窝，夺了你们的兵权，无非是有利于作战指挥，总不能'志愿军司令部'就我一个光杆司令吧？

"现在军委任命邓华为志愿军副司令员兼副政委，洪学智、韩先楚为副司令员，解方同志为参谋长，杜平为政治部主任，我们这个班子就算齐了。

"另外，中央决定由我担任志愿军党委书记，邓华同志为副书记。对中央和军委的决定我是满意的，在座诸位都各有各的本事，一个篱笆三个桩，一个好汉三个帮，我还要靠你们八仙过海，各显神通哩……

"我老彭的脾气你们也听说过，不过没么子要紧，为了工作，你们该争就争，该吵就吵，不过军人还是那句话，决议一下，坚决执行命令，不然我也不会客气，我老彭嘴上不把门，该骂娘我就要骂娘哩……"

接着，彭德怀宣读了军委和中央的有关命令，又让作战处处长丁甘如铺开一张地图。

彭德怀就着闪烁的烛光，一边在地图上寻找着目标，一边说："按朝鲜方面的敌情通报，伪六师一部已到熙川和桧木镇，拟向楚山进攻；伪八师已到宁边、德川以北，拟向江界推进；伪一师已到宁边、龙山，拟攻昌城；英二十七旅已过安州，准备攻向新义州；美骑一师，步兵第二、第二十四、第二十五师在平壤地区附近集结；美陆战一师正在元山港登陆……

"很紧迫呀，看来按我们原订的防御计划怕来不及了，毛主席来电也问：我四十军欲先敌赶至德川，时间上是否来得及？他说，如不可能，则似以在熙川附近地区伏击为宜。

"我考虑的结果是：敌人东西两线分兵冒进，对我军并无防备，这样，有利于我们分割歼敌，我看应该将我们以防御为主的作战计划改为以运动战歼敌的方式。

"俗话说：'机不可失，时不再来。'敌人前进速度很快，给我们预定的防御计划造成了麻烦，但同时又给我们提供了运动作战、分割歼敌的机会。特别是，敌人的第一线部队都是南朝鲜军，相比美军，他们的武器装备和指挥能力较弱，我们可以先拿伪军开刀！"

说到这里，彭德怀挥手向桌上一拍，"咚"的一声震得一支蜡烛倒了。烛泪倾倒在地图上，片刻间凝成一团油脂。

邓华连忙扶起那根蜡烛，在另一支蜡上点燃，再次放好。然后，他猛吸了两口香烟，用手指点着地图，像是自言自语说："敌人东西两线之间隔着高山峻岭，相互无法联络，中间这道缺口……有80多公里呀！这有利于我们部队穿插分割包围敌人，我同意彭总的意见。作战不能死守既定计划，要视战场情况，敌变我变，方能争取主动。"

洪学智也赞同地说："敌人虽然是机械化，但他们已进入德川以北的山区，机械化的作用很受限制，而我们的部队惯于山地作战，恰恰是长处……只是东西两线，我们应有一个侧重。"

"鉴于敌人的空中优势和炮火优势，我们应该以近战、夜战、速决战为主，辅以阵地战和人民军在敌后的游击战……"解方不慌不忙地谈出了自己的见解。

韩先楚低头俯向地图说："东线敌人以美军为主，美陆一师由仁川绕道在元山登陆，将向咸兴以北出击，美步兵七师从釜山港海运利原港，这一路行动较慢，我们可以让从辑安先渡江的四十二军阻击东线敌人，使其不能增援西线，而调三十八军由江界、前川南进熙川，连同三十七军、四十军一起，对付打头阵的伪六师、七师和八师……

"我同意彭总的意见，改防御为主而代之以运动战为主，集中我们的优势兵力，先歼灭一些伪军……"

"大家讲的都有道理。"听到这里，彭德怀从椅子上站起，俯看着地图下定了决心，"我看这样吧，东线交给四十二军，他们距东线较近，让一二四师和一二六师抢占黄草岭和赴战岭有利地形组织防御，钳制美陆战一师和伪一军。

"东线和西线之间相隔狼林山脉和赴战岭山脉，高山险峻，80多公里，他们来不及增援西线。

"那么，西线我们集中的优势兵力，三十八军、三十九军、四十军分割包围伪军的 3 个师，将四十二军的一二五师配属三十八军，一定要先敌抢占熙川、长津两个战役要点，造成在云山、熙川地区围歼伪第六、第七、第八师的态势。

"同时，增调我第五十军和六十六军开赴安东、辑安作为战役预备队。另外，宋时轮的九兵团也正向辑安开进，四十二军两个师阻击东线敌人后，可将东线阵地交九兵团。看大家有什么补充没有？"

邓华说："我有两点补充：一是伪六师七团已经桧木洞逼近古场洞，近日可到鸭绿江边，对我辑安、长甸河口的交通线有很大威胁，我看应该尽早有所准备，是否从五十军调一个师从辑安过江，隐蔽开进楚山地区，给它来个突然袭击？

"还有，新义州一带空虚，英二十七旅和美二十四师的前方应早有防御准备，是否让五十军和六十六军尽早从安东过江，阻击该敌，以保证我正面三十九、四十军的右翼安全。"

这时，韩先楚也补充说："目前，三十八军在四十二军之后从辑安过江，部队还在鸭绿江的满浦，应催促其尽快经江界、前川向熙川方向运动，以防四十军和三十九军在正面打响后，熙川的伪八师向军隅里、介川方向南逃。"

"好，就这样吧。"彭德怀下了决心，"让作战处草拟给各军的作战命令，解方同志把我们研究的计划给毛主席和军委起草一个电文。会议到此，有些问题我们还要再考虑一下，敌情有变，我们随时还要改变计划的……"

二、 首战告捷

- 戴成宝怕战士们沉不住气，连忙低声命令说："没有命令，不许开枪！"

- 战场上一片杀声。公路上、稻田里、山坡上、河滩里，到处闪着刺刀的寒光。

- 彭德怀长舒了一口气，又喊道："参谋，快给毛主席发电，报告首战胜利，让他放心！"

"口袋阵"里"吃肉包子"

1950年10月25日凌晨3时,四十军一一八师前卫团三五四团二营四连在二营副营长戴成宝的带领下,到达丰下洞北山。

四连是一一八师师长邓岳布下的"口袋阵"的第一个触角,配属重机枪两挺,控制公路边的216高地,担任的是正面阻击的任务。

这里距离南朝鲜军占领的温井仅4公里。爬上山坡,可以看见南朝鲜军点起的一堆堆篝火。

戴成宝立即组织战士们构筑野战工事。战士们拿出小铁锹和十字镐,奋力而又小心地挖掘,他们生怕声音太大而惊醒了南朝鲜军。

天亮时,一团浓雾包围了四连的阵地。戴成宝带着四连连长、指导员仔细检查了阵地,并认真研究了每一个战士的位置和伪装。

8时刚过,浓雾悄然散去。随着汽车的马达声,两辆中型卡车出现在温井的公路上。

"真是目中无人,也不搜索一下,就往前走!"志愿军战士们躲在掩体里一边低声说,一边"哗啦啦"地拉动枪栓。

戴成宝怕战士们沉不住气,连忙低声命令说:"没有命令，不许开枪！"

话音刚落，突然响起了爆炸声，紧接着，公路上升起两股浓烟。志愿军昨晚埋设的地雷响了。

戴成宝心中一紧，担心惊动了南朝鲜军。

但是，汽车没有被炸翻，南朝鲜军也没有下车。南朝鲜军的司机狠踩了一脚油门，汽车马达猛叫了一声，继续向前疾驶。

又过了一会儿，大队的南朝鲜军在公路上出现了。走在最前面的是满载步兵的 7 辆卡车，其他步兵排成两路纵队紧跟在后，武器和钢盔在阳光下闪闪发亮。没多久，一长串的卡车、吉普车、炮车轰隆隆地开了过来。公路上车流滚滚，尘土飞扬。

戴成宝立即用电话向营指挥所报告，并请示是否马上开火。

团里的刘参谋长回答："把汽车全部放进来，听命令开枪！"

戴成宝随即命令："不准开枪。"附近的战士们都不做声了，默默地把武器的准星对准了南朝鲜军。

南朝鲜军不知道自己已经进入了埋伏圈，还一个劲儿大摇大摆地往前跑。汽车眼看着就要开过去了，大约有一个连的步兵也已经进入到我军阵地右后侧的桥头，温井方向开来的大队步兵还继续向北行进。

突然，北面大山后传来了爆豆一般的枪声，富兴洞以北三五四团主力向南朝鲜军进攻了。

戴成宝准备再次向上级请示开火，就在这时，刘参谋长打来电话："马上开火！注意，你们的任务是不准后面的敌人进来，一个也不准！"

"是！保证一个也跑不了！"放下电话，戴成宝一声令下，"给我狠狠打！"

立刻，狂风暴雨般的子弹夹着一阵狂风向公路上的敌人扫了过去。

钻进"口袋"里的南朝鲜军如梦方醒，一看事态不好纷纷跳下汽车，向公路右侧的小河沟里钻去。他们一面逃，一面不时地回头张望。

刚受到打击就乱了阵脚，志愿军战士们对这样的对手十分看不上。指挥员一声大喊："冲锋！"战士们端起刺刀就追了上去，连枪也懒得打了。

看到志愿军越追越近了，南朝鲜军就开始扔东西，毯子、大衣、杂物……边跑边扔，最后竟连子弹、枪支也扔掉了。

对待这样的南朝鲜军，战士们不想再浪费子弹。许多志愿军战士边追边喊：

志愿军宽待俘虏！

缴枪不杀！

然而南朝鲜军听不懂，志愿军越喊，他们跑得越快。也有不少南朝鲜军试图顽抗，下车后立即向公路一侧的一个小山包跑去。看到南朝鲜军要抢占制高点，三五四团的战士们立刻出击，和南朝鲜军抢夺这个制高点。

战士们扑得猛，跑得快，当志愿军抢上山头时，南朝鲜军还在离山头 30 多米的山腰里爬！

冲上山头的战士们居高临下把手榴弹一扔，炸倒了一大片南朝鲜军。活着的南朝鲜军回头就跑，有的竟用呢子大衣把头一包，像段木头似的滚下山去。

战场上一片杀声。公路上、稻田里、山坡上、河滩里到处闪着刺刀的寒光，——八师两个团全面出击了。

南朝鲜军从来没见过这样的阵势，连忙跳下汽车，拼命地四处乱窜，哪里还敢还击！

战士陈庆雨跟着班长向山下的南朝鲜军冲去。在追击中，陈庆雨的步枪卡了壳，班长提醒他说："快到汽车上去换！"

陈庆雨跳上停在公路上的汽车，开始翻腾起来。找来找去，他忽然发现有一支枪斜露在一个鸭绒睡袋外面。他伸手猛一拉，却拉出一个缩头缩脑的人来。

陈庆雨陡然一惊，连忙端起那支打不响的枪大喊："快投降！"

睡袋里的家伙却吓得双手抱头，哇哇地哀叫。

"熊包！"陈庆雨禁不住骂了一句，打不响的枪也把你吓成这样。

他轻而易举地就俘虏了一个南朝鲜士兵，顺便把三八大盖换成了一支神气的汤姆冲锋枪。

首战告捷

当陈庆雨押着战俘集中的时候,在公路边的树林中,已经集合了一大群蓬头垢面的俘虏,完全不是刚才在汽车上那副得意扬扬的神气样了。他们向翻译员说,他们是打算今天就赶到鸭绿江边去的。

"哈哈!就凭你们这副脓包样,还想打到鸭绿江去呢!"看着南朝鲜军的狼狈相,战士们不由得乐起来,喜悦之情油然而生。

就在四十军一一八师三五四团与南朝鲜军交火的时候,一二〇师三六〇团也与北犯的南朝鲜军一师交火了。

南朝鲜军第一师第十五团由美国第六中型坦克营的一个连打头,来到距温井镇2.5公里处的一座桥边。

突然,公路北面的山谷里响起一阵激烈的枪声。正在向我军阵地疾驰的七八辆炮车停了下来,车上的军官从驾驶室里探出头来张望,还拿起无线电话联系。车上的士兵们却满不在乎,军官们已经告诉他们,部队就要到达鸭绿江了,战争快要结束了。所以,听到枪声,他们依然在漫不经心地啃苹果。

南朝鲜军不知道,他们已经深陷我军"口袋阵"了。

北面的枪声越来越密、越来越激烈。驾驶室里的军官拿着无线电话停了一会儿,脸色大变,哇哇叫着召唤士兵下车。车上的士兵,纷纷跳下汽车,一边跑一边胡乱开枪,并向公路两侧的山头发起冲锋。

南朝鲜军想要抢占制高点,以防止被压在公路上两面挨打。这时,我军的迫击炮开火了。一连三发炮弹落在南朝鲜军的队伍里，南朝鲜军被炸得哇哇怪叫。

挨了打的南朝鲜军开始往回跑，争着抢着上了汽车。车头上的机枪也响了起来，想掩护汽车往回跑。

我军的迫击炮又是一阵射击，炮弹在拥挤的汽车堆里接二连三地爆炸。刚刚发动的汽车立刻被打成了哑巴，有的还燃起了大火。车上的士兵赶紧又跳下来寻找掩体，负隅顽抗。

一阵炮击过后，志愿军步兵开始冲击。他们端着刺刀，吹着喇叭，喊着口号，像潮水一样冲向南朝鲜军。

看到我军呼喊着冲了下来，南朝鲜军士兵扔下汽车和大炮，四散奔逃。

见到南朝鲜军要跑，炮兵连连长命令："猛打，拦阻射击！"

炮弹呼啸而出，立即在河滩上炸响，炸开的弹片和烈火严密地封锁住了南朝鲜军的退路。

志愿军步兵趁势冲入敌群，俘虏南朝鲜军。

半个小时后，枪声沉寂下来，公路上满是南朝鲜军的汽车、大炮和横七竖八的南朝鲜军尸体。步兵们押着灰头土脸的南朝鲜军俘虏沿着公路集合。

团长徐锐大笑说："打得痛快！赶紧向师长报告。"

……

"铃铃铃……"一阵急促的电话铃声在志愿军司令部的木板房里激荡着。

"彭总，——八师邓师长来电。"一位参谋接过电话，

首战告捷

告诉彭德怀。

"怎么样，邓岳？"彭德怀一个箭步抢过电话问，"吃了肉包子没有？"

"吃上了，还是全肉馅的！"话筒里传出的声音很大，直震彭德怀的耳鼓。彭德怀有意将话筒从耳畔拿开些，好让凑上来的邓华、洪学智等人也能听清楚。

"露了馅没有？"彭德怀又问。

"一点没露，包得严严实实的，"邓岳的声音因为兴奋而有些发颤，"敌人一个加强营和一个炮兵中队，毫无搜索，顺大路来了，钻进了我们的伏击圈。

"我们3个团采用拦头、截尾、斩腰的办法向敌突然猛击，打了他们一个措手不及，敌人的大炮还没有卸架就位便被缴获，还抓了一个美军顾问，我已派人把这家伙押到总部去啦……彭总，这一仗打得真痛快，一个小时解决战斗，全部歼灭！"

"好，打得好！"彭德怀激动地说，"总部要通令嘉奖你们！"

放下电话，彭德怀长舒了一口气，又喊道："参谋，快给毛主席发电，报告首战胜利，让他放心！"

云山阻击战和两水洞遭遇战同日打响，都取得了胜利，实现了毛泽东"能够顶住敌人，取得主动权"的指示。

后来，1950 年 10 月 25 日被确定为中国人民志愿军出国作战纪念日。

韩先楚亲临前线坐镇指挥

1950 年 10 月 25 日下午，在大榆洞志愿军司令部里，彭德怀手里捏着一份电报在来回踱步。

电报是四十军军长温玉成打来的。温玉成电告彭德怀，他打算攻下温井。然而，彭德怀此时思考的不是温井该不该攻占，而是怎样制止"联合国军"的疯狂冒进。

此时，"联合国军"多路进攻，一个团，甚至一个营都敢开着坦克、坐着汽车横冲直撞。原来预想在温井、熙川地区歼灭南朝鲜军两到三个师的计划，也因为"联合国军"分头冒进，战线拉得太长而难以完成。

我军在装备落后的情况下，采取消极防御、分兵堵口是不行的，必须积极防御，主动进攻，以攻为守来粉碎"联合国军"的进攻。

更让人担心的是，我军已经与"联合国军"正面接触，再也无密可保，这下一步棋该怎么走呢？

彭德怀走到地图前，手指在硕大的地图上指指点点，接着又低头凝思。随即，他向作战参谋口述命令：

> 令四十军主力于 25 日晚首先歼灭温井之敌，然后协同第三十九军歼灭云山、龙山洞地区的南朝鲜军第一师；

首战告捷

　　第三十九军由泰川向龙山洞之敌攻击前进，得手后或协同第四十军歼灭云山之敌，或向宁边、球场攻击；

　　第三十八军向熙川之敌攻击前进；

　　第四十二军以一个师进至柔院洞为第三十八军预备队。

　　四十军是此次战役的关键，彭德怀命令原四十军军长、志愿军副司令员韩先楚亲自到四十军去坐镇指挥。

　　四十军全体指战员看到老军长又亲临前线指挥，都感到心里踏实，不用动员就士气大涨。

　　韩先楚首先传达了彭德怀的命令，并直接指挥一一八师向温井方向前进。同时命令一二〇师从南面对"联合国军"进行合击，于当夜24时向南朝鲜军第六师二团发起攻击。

　　24时刚过，借着微弱的星光，南朝鲜兵就惊恐地看到，志愿军如潮水一样顺着山坡冲了下来，整座山似乎都在"动"。夜色中，到处都响起了尖利的喇叭声和激烈的枪声。

　　很快，闪着寒光的刺刀就捅到了他们的鼻子跟前。南朝鲜军崩溃了，撒开腿向没有刺刀的地方逃，但很快就被合围消灭了。

　　这个夜晚的战斗持续到26日凌晨2时，三五二团攻下了温井西南山，三五三团攻下了温井西北山，三五八团和三五九团从东南方向攻击前进，四十军两支人马在温井胜利会师。

南朝鲜军大部分在外围高地上被歼灭，剩下的借助夜色和山林的掩护开始转移。

10月26日下午，志愿军牢牢地控制了温井。

南朝鲜军第二团的所有重型武器和车辆，全被抛弃在阵地上。

云山一带的南朝鲜军第一师两个团和美军两个坦克连、第十七野战炮兵营和第十防空炮兵大队都被重重包围了。

首战告捷

全歼南朝鲜军第七团

1950 年 10 月 26 日夜间，志愿军攻占温井之后，已经进犯到鸭绿江边并对我国边境实施炮击的南朝鲜军第六师第七团接到师部的电报，命令该团放弃原定计划，立刻返回与六师其他部队会合。

不知道自己已经身处险境的南朝鲜军团长还没有意识到事情的严重性，向师里讨价还价说："除非补充汽油、食品和弹药，否则部队无法动弹。"

10 月 28 日，空投完成。但就在南朝鲜军完成空投的时候，我军已经完成了部署，准备对侵犯我边境的南朝鲜军七团予以歼灭。

就在前一天，彭德怀果断下令：

四十军主力迅速歼灭向温井进攻之敌，而后向南突击，四十军一一八师迅速回师协同五十军一四八师消灭伪六师七团，一定要全歼！

为彻底歼灭这股敌人，彭德怀还命令四十军一二〇师和一一九师迎击前来策应和救援第七团的敌军。

在此之前，彭德怀原本计划集中 8 个师、2 个军，全歼熙川的南朝鲜军六师主力和南朝鲜军八师的 2 个团。

同时以三十八军为主力，一举摧垮西线敌军的右翼，打开缺口后，全军插向敌军左翼背后，将西线的南朝鲜军包围消灭在清川江以北。

但是，因为三十八军道路受阻，没有及时插到熙川，于是，志愿军司令部临时改变部署，用四十军阻击向温井攻击的南朝鲜军，不使其与南朝鲜军第六师七团会合，并对七团围而不歼，引诱熙川、云山的南朝鲜军6到7个团增援，然后集中三十八、三十九军将其歼灭。但南朝鲜军没有上钩。

于是，彭德怀果断决定，先吃掉南朝鲜军第六师七团。

彭德怀一声令下，四十军一一八师回师北上，展开急行军。

一一八师前卫三五三团战胜饥饿与寒冷，急行军3天，终于在龙谷洞以南地区占领阵地，构筑了野战工事，关闭了南朝鲜军南逃的大门。

战斗于29日拂晓正式打响。

这天，天刚蒙蒙亮，南朝鲜军第六师七团搭乘美式卡车，浩浩荡荡地开到我军阵地前。

志愿军突然开火，进行猛烈的拦阻射击。

南朝鲜军被打了个措手不及，汽车来不及掉头，前挤后拥地撞在一起。车上的步兵纷纷跳车，还没来得及展开，就被我军的弹雨打倒了一大片，侥幸逃过一劫的南朝鲜军都被压制在河沟里。

首战告捷

南朝鲜军指挥所急忙向美军请求空中支援。不一会儿，10多架飞机就来轰炸扫射。趁我军火力减弱，南朝鲜军展开部队，抢占阵地，并开炮还击。

慢慢地，南朝鲜军收拢了被打乱的步兵，在飞机大炮的掩护下，向我军阵地发起连续冲击。

志愿军指战员们凭借构筑的防御工事，冒着南朝鲜军猛烈的炮火，用机枪和手榴弹居高临下地狠狠打击南朝鲜军。南朝鲜军一拨又一拨的进攻被打退了。

午后，南朝鲜军停止了进攻，战场上平静下来。

这时，三五三团团长发现，南朝鲜军主动向后收缩，并占据有利地形构筑工事。他判断南朝鲜军想凭借山地顽抗待援，于是决定夜袭南朝鲜军指挥所。

天色渐渐暗了下来，被美军飞机轰炸的山林还在燃烧，绵延成蜿蜒的火龙。借着火光和清冷的星光，部队悄悄行动了。

担任突击任务的是一营二连，三营随一营后卫跟进。部队左臂上扎着白毛巾作为识别信号，轻装隐蔽前进。

二连在穿插途中遇到了南朝鲜军的一处机枪阵地，二连战士用冲锋枪一阵扫射，将熟睡的南朝鲜军全部消灭了。

南朝鲜军不甘心失掉这个阵地，组织了三次反击，但都被打退。南朝鲜军见久攻不下，就实施火力反击，二连三排被压在阵地上抬不起头来。

战场上枪炮声响成一片，红色的曳光弹似流星一样在漆黑的夜空中乱窜。

见三排被压制，二连指导员崔同信带领一排从右侧山腰上迂回过去，决心打通公路，支援三排前进。

机枪一班长崔兆生和战斗组长高云抱着机枪和冲锋枪猛冲猛打，插入南朝鲜军群，为全排开路。他们迎面撞上了一支从公路上退下来的队伍。

崔同信大声问："哪一部分的？"

没有回答。崔同信又仔细一看，发现对方左臂上没有白毛巾，立刻意识到这是被三排压下来的南朝鲜军。崔同信立刻大喊："一排快打！"

战士们马上开火，南朝鲜军被打倒了一片。但因为距离太近，双方很快就搅在了一起，展开了肉搏战。

一班的战士速战速决，以迅猛的速度抢占了南朝鲜军的一处阵地，并用火力支援三排。三排得到支援，又展开火力猛烈射击，把南朝鲜军赶下了公路。

二营四连沿着右翼山脊向前穿插，他们在重机枪的掩护下，攻占了南朝鲜军一个连据守的1300高地。

这个高地是龙谷洞的天然屏障，南朝鲜军控制了它就可以掩护撤退，志愿军控制了它就可以支援兄弟部队继续攻击。对于这样一个重要的阵地，南朝鲜军当然不肯放弃，于是组织了两个多排的兵力，在猛烈炮火的掩护下疯狂反扑。

三营沿着公路追击，一路向南朝鲜军的汽车射击投弹。南朝鲜军丢下毯子、大衣、武器和弹药，跳上汽车拼命逃跑。

这时，三五三团突击部队已逼近龙谷洞。他们看到敌人要跑，就捡起南朝鲜军丢弃的迫击炮，对着南朝鲜军连打五炮，南朝鲜军的汽车被打着了火，南朝鲜军被烧成了灰。

二连在兄弟部队配合下，直插龙谷洞村头。

村里的南朝鲜军第七团指挥部已经闻风而逃。指挥所里无线电台、有线总机、整捆的电线、汽车发电机等扔得遍地都是，一片狼藉。

南朝鲜军第七团已经彻底失去斗志，开始分散突围。

情况上报到一一八师师部，邓岳师长当即命令三五二团抄近路翻越大山追击。

三五二团一路猛打、猛冲、猛追，不顾饥饿与疲劳，连续翻越 5 道山梁，在 30 日 8 时，先敌一步插到了残敌逃跑的必经之路松水洞。

经过激战，这股南朝鲜军被全部歼灭。

三、 云山大战

● "老子要用云山城里的南朝鲜军一师下酒。" 接到命令，三十九军军长吴信泉狠狠地捶着地图上的云山城说道。

● "冲上去！和敌人搅在一起！" 指挥员及时下达了命令。

● 有个战士冲进美军指挥所院里，对着一群惊慌失措的美军士兵大喊："老子才是王牌！服不服气！不服气再打！"

志愿军调整作战部署

南朝鲜军受到志愿军的打击后，"联合国军"统帅部发现中国军队已经入朝参战了，但是，他们对中国军队的兵力判断失误，依然认为中国只是"象征性"地派出了4万到6万的兵力，出兵的目的也只是为了保护向中国东北地区提供电力的鸭绿江水电站。

因此，他们仍然按照既定的计划，一面调整部署，一面继续向朝中边境前进，妄图占领朝鲜全境。

1950年10月31日，美军第二十四师前进至泰川、龟城，并继续向朔州开进。

英第二十七旅进至定州、宣川，并继续向新义州前进，美第一军预备队骑兵第一师从平壤调到云山、龙山洞地区，准备接替南朝鲜军第一师。

另外，为保障其侧翼安全，阻止志愿军从其右翼向军隅里方向攻击，南朝鲜军第八师已经退到球场地区集结，南朝鲜军第一师主力撤退到宁边及其东北地区，南朝鲜军第七师则由龙山洞地区东进到球场及德川地区。

美第九军第二师也开始由平壤向北开往安州地区，作为美第八集团军的预备队。

对方的这个部署仍然处于兵力分散的状态，而且对志愿军的情况尚不明了。

志愿军则对"联合国军"的兵力和部署已经基本掌握，并且参战部队已经全部到齐展开，兵力上也占有优势。

志愿军在清川江以北可集中10到12个师，12到15万人，而"联合国军"只有5万多人。

针对这个情况，志愿军首长决心采取向"联合国军"侧后实施战役迂回结合正面突击的战法，集中兵力，各个歼灭云山、泰川、球场之敌，首先求得消灭南朝鲜军第八、第七、第一师，然后看情况再寻机歼灭美英军。

毛泽东同意了这个决心，并指出：

　　此战只要我第三十八军全部及四十二军一个师，能确实切断敌人清川江后路，其他各军、师能勇敢穿插至各部分敌人的侧后，实行分割敌人而各个歼灭之，则胜利必能取得。

为了实现这个决心，志愿军司令部于11月1日9时命令：

　　第三十八军迅速歼灭球场之敌，然后沿着清川江左岸向院里、军隅里、新安州方向突击，切断敌人退路。

　　第一二五师向德川突击，并占领该地，坚决阻击由东、南两个方向前来增援的敌人，从

云山大战

而保障我军侧翼安全。

第四十军以主力迅速突破当面之敌，于1日晚包围宁边南朝鲜军第一师主力并相机将其歼灭，得手后向龙山洞以南灯山洞突击，切断龙山洞地区敌人的退路，同时留下一部分兵力到上九洞地区防止云山的敌人逃窜。

第三十九军于1日晚歼灭云山之敌，得手后准备协同第四十军围歼龙山洞地区的美军骑兵第一师。

第六十六军以一部于龟城以西钳制美军第二十四师，军主力视情况从敌人侧后突击，歼灭该敌。

第五十军主力进至新义州东南地区，防止敌人向西进犯，包围新义州。同时，命令第四十二军主力于原地积极抓住当面之敌，并相机歼其一部，以策应西线作战。

在整个部署中，第三十九军是给"联合国军"致命一击的刀锋，其余各部队则是阻敌增援的牵制或防御力量。

"老子要用云山城里的南朝鲜军一师下酒。"接到命令，三十九军军长吴信泉狠狠地捶着地图上的云山城说道。

扫清云山城外围

1950 年 11 月 1 日早晨，云山地区大雾弥漫，连日激战，引发了森林大火，浓雾烟火一起升腾，能见度只有 10 多米远。

19 时 30 分，吴信泉军长刚决定当日晚上向云山南朝鲜军发起总攻，就收到总部电报，称美第一骑兵师已经向云山开去。他立刻命令三四三团南下抄云山南朝鲜军后路，阻击美军北援。

三四三团团长王扶之当即率领部队强行军赶往云山敌人的主要补给线，由龙山洞通往云山的公路。

第二天正午时分，浓雾渐渐消散，三四三团的行动被美国空军一架炮兵校验机发现，美军飞行员当即呼叫炮火实施打击。接下来的场面使这个美军飞行员惊诧不已，他向指挥部报告说：

> 这是我所看到的最奇怪的情景，有两大队敌军步兵在云山西面的小路上行走，尽管我们的炮弹直接落在他们的队伍中，他们仍然不断前进。

美军骑兵第一师师长盖伊闻报大惊，他立即命令骑八团背后的骑五团马上沿公路向北巡逻，守住这条退路，同时要求云山的骑八团保住后撤要地居仁桥。

然而，下达这个命令时已经晚了。志愿军三四三团冲破美军飞机和炮火的重重封锁，抢先一步卡断了公路。美骑五团团长约翰逊上校派出的北上巡逻队到达公路上时，三四三团的指战员们已经开始修建工事了。

我军首先开火，美军立即还击。强大的火力几乎压得志愿军士兵抬不起头了。

"冲上去！和敌人搅在一起！"指挥员及时下达了命令。

志愿军步兵呐喊着跳出战壕，冲上去与美军搅在了一起，使美军的现代化装备无法发挥作用。美军疯狂进行拦阻射击，子弹和炮弹像大雨一样稠密。

志愿军士兵借助地形，凭借多年来磨炼出来的战术动作，很快就冲到了美军的近前。美军一看对手冲到了眼前，马上就投降了。即使在第二次世界大战的战场上，他们也没有见过如此敢于拼命的对手。

我军"敢于刺刀见红"的精神很快就压倒了靠钢铁撑腰的美军，美军被打得溃不成军。

在这次战斗中，我军首次创造了以相等的兵力，即以一个连歼灭美军一个连的成功战例。因此，三十九军一一五师三四三团一连受到志愿军司令部通令嘉奖。

电文在全军一传达，三十九军士气大振。

消息传到美第五骑兵团团部，约翰逊团长一听就急了，他意识到了问题的严重性：冲到云山城的第八骑兵团的后路断了！他立刻下令："第一营出击，立刻击溃堵在公路上的志愿军，打开通往八团的道路。"第一营刚走，他又亲自率领二营出发了。

美军展开现代化装备，向我军战地倾泻着炸弹、炮弹，我军阵地上浓烟滚滚，天昏地暗。几十架美军战斗机随后又飞过来投下炸弹，还洒下倾盆大雨一般的汽油，三四三团阵地变成了一片火海。

望着熊熊燃烧的大火，约翰逊团长觉得我军一定都被烧光了，就命令一拨又一拨的美军发起冲锋。

然而，美军步兵刚刚爬到半山腰，就被一个个军装冒烟的志愿军士兵用机枪和手榴弹给打了下来，一路连滚带爬地退了下去。

约翰逊简直不敢相信自己的眼睛，什么人能在凝固汽油弹爆炸产生的烈火中活下来呢？

更让他不敢相信的是，一个中国士兵举着 5 颗捆在一起的手榴弹，居然向 55 吨重的坦克冲锋！

这个士兵冲上坦克后，把手榴弹扔进坦克，坦克被炸毁了。然后，这个中国士兵又转过身来，空着手就俘虏了 5 个被吓蒙了的美国兵。

三四三团越战越勇，战斗一直进行到黄昏时分，骑五团仍不能前进半步。

眼看美军飞机在夜色中不敢投弹，美国兵也越斗越疲，王扶之抓住时机命令第一营出击。猝不及防的约翰

云山大战

053

逊被打得连退不止。

就在三四三团浴血阻击的时候，云山外围的另一个方向，三十九军——五师三四四团奉命将美军第二十五师二十四团阻挡在云山以南的龙渊洞。

当晚，三四四团二营营长贾庭玉亲自深入敌阵，抓获了美军一名军官。从这个军官口中得知，二营当面对峙的是美军的一个团。

志愿军司令部得知后，当即命令三十八军抽调两个团协助三四四团全歼这股美军。

天快亮时，被包围的美军发现处境危急，立即向龙渊洞以南撤退，企图抢占那里的一个小高地。这个小高地紧紧卡住了约有一公里长的隘口，是美军突围的必经之路。

贾庭玉早就预料到美军会在这里突围，于是派四连抢先占领，并亲自指挥战斗。同时，他命令五连迂回寻机歼灭美军炮兵阵地，六连作为预备队。

天亮后，美军如潮水一般涌向隘口。贾庭玉指挥四连一口气打退了美军八次进攻。

美军为了逃命，在坦克和飞机的掩护下，再次发起一次又一次的猛烈进攻。面对美军的坦克，志愿军士兵毫不畏惧。

五班战士刘连生奋不顾身，抱起 15 公斤多的炸药包冲向坦克，炸毁了第一辆坦克，堵塞了美军逃跑的道路。

连长孙长胜率领爆破组，从山背后接近美军坦克，炸掉了 4 辆，使美军坦克不敢再冲锋。

坦克被打退了，美军步兵吓得连滚带爬地逃了回去。

插到美军背后的五连，一举攻占了美军的炮兵阵地，把美军的 24 门火炮炸成了废铁。

经过数个小时的激战，三十九军旋风一般席卷了云山的外围阵地。

对于这次战斗，美军战俘后来回忆说：

午夜刚过，南朝鲜军十五团就不再是一支战斗建制的部队了，大部分战死或被俘，侥幸逃脱的极少。

中国士兵勇猛到了极点，有两个冲进美军机枪阵地的士兵动作非常凶猛，连枪都不开，直接抱着美军射手一起滚到了悬崖下面。

其实，不仅南朝鲜军十五团被击溃，南朝鲜军十二团也化为了乌有，就是美军自己的阵地也丢了不少。

经过一阵激烈的战斗，美军放弃了云山城外所有的阵地，开始向云山城内逃窜。

云山大战

击败美军王牌骑兵第一师

1950 年 11 月 1 日 23 时，云山地区的战斗已经打了 8 个多小时。此时，云山城外所有的高地都被志愿军收入囊中，云山成了一座孤城。

此时，三十九军终于知道，自己的对手不仅是美军，而且是美军的王牌，美军骑兵第一师。

美军骑兵第一师是美国建国时就组建的部队。它在战场上屡立战功，威名显赫。经过机械化改装后，这支部队虽然不再有战马，但是保留了骑兵的番号。这支部队自组建以来从未吃过败仗。

军长吴信泉听了非常兴奋："吃肉碰到骨头，怪不得火力这么强，原来是美国人的王牌军，继续进攻，老子才是王牌。"

军政委徐斌洲也激动了："我们军出国第一仗就与美军王牌交手，这是我军的幸运。应该告诉战士们，发扬三十九军近战、夜战的特长和大无畏的革命精神，首先从气势上压倒敌人！"

彭德怀得到报告也专门给三十九军打来电报，电报只有一句话：

坚决消灭美军王牌师！

吴信泉把主攻的任务交给了三十九军的主力——六师。——六师师长汪洋叫来了预备队三四六团团长吴宝光，对他说："看到脚下的云山城了吗？老子偏爱你们团，你团去主攻，别给老子丢脸！"

吴宝光一听乐得直搓手："谢谢师长喽，我要给它来个中心开花！"

回到团里，他亲自挑选了团里的第四连作为尖刀连。他站在队伍前大声说："师长偏爱咱们团，老子偏爱你们连，不许恋战，不顾一切冲进云山城中心开花，为主力打开通路，不许给老子丢脸。"

四连指战员们没有辜负各级首长的期望。在夜色中，他们排成整齐的战斗队形，毫无伪装地向云山城大摇大摆走去。这是连长的疑兵之计。

果然，美军被迷惑了，以为这是一支败退下来的南朝鲜军部队。

美军士兵向四连的战士们笑着招手，四连的一个战士满面笑容地走上前去与美军握手。这样，一个齐装满员的中国连队，轻轻松松地迈过美军严密设防的三滩川大桥，向美军柔软的腹部刺了过去。

一个美军战俘在回忆这段经历时，心酸而又不无赞扬地说：

一个连的士兵纵队沿着通往龙山洞的干道

云山大战

上严肃而整齐地接近南面。警戒该桥的美军士兵可能认为是南朝鲜军队，没有查问就让其通过了，因为他们是堂堂正正、十分严肃地过来的。

然而，这还只是美军一连串心酸的开始。这个美军战俘在继续回忆时又说：

纵队通过桥之后一直在干道上北进，不久就接近了营部，他们突然吹起了军号，开始一齐向营部袭击。

中国人胡乱开火，不断向车里扔手榴弹、炸药包，车被打着了。可是指挥所周围那些分队还在隐蔽工事里呼呼大睡……

他们醒来时仗已经打响了……有人叫醒我后问，有没有听见一群马在奔腾嘶鸣……转眼间，我们的驻地就被打得千疮百孔……

当我听见远方的军号声和马蹄声，我以为我还在梦乡里。敌人仿佛腾云驾雾，从天而降，人影模糊不清，他们见人就开枪，甚至用刺刀捅！

四连指战员们一路猛冲猛打，从睡梦中惊醒的美军还没反应过来是怎么回事就被歼灭了。

有个战士冲进美军指挥所院里，对着一群惊慌失措的美军士兵大喊："老子才是王牌！服不服气！不服气再打！"说完对着天空就是一梭子。

美军士兵虽然听不懂中文，但明白枪声是什么意思，连忙丢下武器，举起了双手。

一颗手榴弹飞进美军的营部，美军营长奥蒙德上校被炸成重伤，浑身上下插满了弹片。

随着四连中心开花战略取得成功，三十九军主力一冲而上，从四面八方冲进了云山城。

三四八团神兵天降，一举攻占了西迁洞路口，封锁了美军南撤的通路。他们还攻占了云山机场。

凌晨时分，美军第八团的战斗意志崩溃了，纷纷逃向深山，有的撒开腿向南没命地跑，但是没有跑多远就被我军截住消灭了。

骑兵第八团即将覆灭，骑兵第五团进攻受阻。看到这些，美军第一军军长米尔本和骑兵一师师长盖伊坐不住了，亲自到前线督战。

上司临阵指挥，骑兵五团约翰逊上校精神大振。他亲自上阵指挥冲锋，却被一枚迫击炮弹击中身亡。

接到报告，米尔本军长对着数公里外的志愿军阵地看了半晌，终于下令："我命令部队放弃进攻，立即向南撤退。"

盖伊师长大惊失色，想要争辩几句。

米尔本摇了摇手说："我明白你要说什么，我和你们

云山大战

059

一样痛恨这个决定，但我对此承担责任，这是我一生中作出的最让我心碎的决定。"

盖伊师长哽咽着说："执行命令，让第五团撤出战斗，愿上帝保佑他们！"

这次战斗是中美两军第一次交手。在中国王牌军三十九军和美国王牌军骑一师的决斗中，三十九军大胜。他们毙、伤、俘获美军1800人，击落飞机3架，缴获飞机4架，击毁、缴获坦克28辆，汽车170辆，火炮119门。

这次战斗，是美国骑一师在其辉煌的军史上第一次惨败，其骑八团第三营被全歼。

11月6日，美国陆军被迫撤销了这个营的番号。

彭德怀获知战果后哈哈大笑说："从没吃过败仗的美国常胜师骑一师这回吃了败仗，败在我们三十九军的手下！"

云山之战是中国军队首次以极端劣势装备打败美军的一个模范战例，它被日本陆军自卫队干部学校专门收入《作战理论入门》一书，具有国际性的影响。

激战要地飞虎山

1950 年 11 月 3 日，被志愿军打得晕头转向的南朝鲜军和美军开始仓皇逃窜。

志愿军首长发现对方全线撤退后，迅即命令各军采取一切办法，迅速抓住对方，不让其逃脱，并说只要抓住对方就是胜利。

彭德怀命令三十八军继续向军隅里攻击前进，并占领安州、新安州，切断南朝鲜军退路。

三十八军立即命令一一二师为前卫，首先夺取军隅里附近制高点飞虎山，阻止其逃跑。

飞虎山是战略要地，那里是通往军隅里和介川的必经之路。军隅里和介川都是交通枢纽，它们共同组成了一个大十字路口：南可通顺川、平壤，东可通德川，西可通龟城和新义州，北可通熙川和江界。

"联合国军"的部队要北上，必须通过这里，而军隅里又将是"联合国军"北进的总补给站。如果让中国军队通过飞虎山，占领这个巨大的交通枢纽，那么正在撤退的"联合国军"的后路就被截断了。

三十八军进入朝鲜后，作战一直不顺利，惹得彭德怀很恼火。但是，考虑到飞虎山的重要性，彭德怀还是决定让三十八军这支主力去防守。

云山大战

在接到向院里、军隅里方向发展的命令之后，三十八军把任务交给了主力师——二师，——二师指挥部立即让三三五团团长范天恩前来接受任务。

范天恩很快就到达了师指挥部。他一见到师首长就说："让我先睡半个小时吧！"他带领部队搜索前进已经几天几夜没合眼了。

说完，不等师长同意，他倒头就睡，很快就鼾声如雷。

师长看着范天恩被硝烟熏黑的脸，没说什么。

5分钟后，师长虽然不忍心，但还是把范天恩推醒了，对他说："拿下对面的大山！"

范天恩顺着师长的手望去，只见一座险峻的大山横在军隅里和介川北面。

"飞虎山？"范天恩问道。

"对，占领它，卡住敌人的退路！"师长坚定地说。

三三五团接受攻击飞虎山的任务时，粮弹不足，几乎所有人的干粮袋都空了。但是，没有人因为肚子饿而叫屈，人人都投入到了紧张的战斗准备中。

范天恩从指挥所回到部队后，立即带领营连干部和测绘员到飞虎山对面的九龙山察看地形。

飞虎山就像一把弯曲的镰刀，刀背向着军隅里，山上树木茂密，杂草丛生，有利于部队隐蔽，但也便于用火力攻。

范天恩看了地形，放下望远镜，问二营副营长陈德俊说："陈德俊，你看怎么打？"

"右面是山梁，海拔 700 米，我看……从右面打，顺山梁打到主峰。"陈副营长一边审视着飞虎山，一边说。

范天恩点了点头："右边有新土，可能有南朝鲜军，偏点左，从洼的地方上去打，明晨 5 时攻击，你估计几时能打下？"

"9 时差不多。"

"好，就这么打。动作要快，和南朝鲜军搅在一起，否则会吃亏……"范天恩补充了一些意见。

11 月 4 日拂晓，天空中下起了小雨，飞虎山笼罩在一片朦胧的雨雾之中。

4 时 10 分，担任主攻的二营在副营长陈德俊的带领下，扔掉了除武器弹药之外的所有东西，然后开始向飞虎山急行。

飞虎山主峰下有一片两公里宽的开阔地，美军第二师的一个炮兵营封锁了这里。当二营通过这里时，美军开始了他们早已准备好的猛烈射击。

二营的士兵们在接近主峰的时候，炮火中接连不断地有人伤亡。但二营没有停止前进，速度反而更快。营指挥员呼叫后方炮火压制对方。一群炮弹从我军阵地飞起落到美军的炮群之中，美军的火力被压了下去。

二营迅速通过了这片开阔地，并开始向飞虎山发起攻击。

在飞虎山一线阻击中国军队的是南朝鲜军第七师，

云山大战

他们在熙川第一次与志愿军交战，就被三十八军给予了迎头痛击。

南朝鲜军战史这样记载他们与第三十八军的作战：

第七师 3 日开始防御战。次日 3 时，与敌一个师展开激战，大大削弱了敌人的战斗力，这是第七师北进以来首次展开激战并取得胜利的日子。

师右翼的第五团同敌一个营交战，前方警戒部队第一营防守的 760 高地处于危急状态，营长即派遣预备队，击退该敌。

敌人向我第五团与第三团的接合部进攻，企图控制飞虎山。敌人在炮火的掩护下发起进攻，枪炮声响彻云霄，犹如雷鸣。

这时，占领凤泉里的第二营也展开了激烈战斗，但最后被敌人包围。故我军边迟滞敌人，边向松林站、间站地域撤退。

在战斗中由于敌人连续炮击，营与各连有线通讯网被炸断。敌人追击该营，势如潮水。

在主抵抗线，第一营和第三营在位于介川地区的联军炮兵营的火力支援下，连续战斗 3 个小时，经过 3 次反复争夺，迫使敌人溃逃。但全团的伤亡也不小，携带的弹药几乎消耗殆尽。

就在我军向南朝鲜军第七师五团据守的飞虎山主峰冲击的时候，在介川的一个小学里，被中国军队打下来的南朝鲜军第七师三团正在清点人数，点验武器。

南朝鲜军第四军团军团长刘载兴少将在第七师师长的陪同下，对三团进行了"表彰"，并将其3个营长、1个通信参谋官升一级，20名士兵被授予"武"功勋章。他们被指令，在飞虎山出现战局恶化的时候冲上去。

此时，志愿军已经快冲到飞虎山的峰顶了。

飞虎山被云雾紧紧地包裹住了。细雨已经变成了大雾，能见度很低，双方的枪和炮都是毫无目标地在射击，而且双方的军官和士兵都无法知道什么时候能与对方遭遇，这对交战双方是心理的考验。

在接近主峰的地段，双方终于开始了预料中的白刃战，寒冷的浓雾中，到处传来肉体格斗的喘息、咒骂和呻吟声……

二营的动作非常迅猛，五连指导员李玉春亲自率领突击队冲锋。突击队打得南朝鲜军措手不及，连夺了数个山头，歼灭了他们的一个连部，俘虏了30多个南朝鲜军。

二营乘胜向主峰攻击，李玉春率领部队一鼓作气攻上主峰，没用两个小时，二营就占领了飞虎山主阵地622.1高地。同时，一、三营也占领了东西两侧山冈。

这时，范天恩指挥部队乘势扩大战果，命令一营、

云山大战

065

三营向军隅里攻击前进。

二营四连、五连坚守飞虎山的主峰，五连三排则在飞虎山主峰之下，在向南伸出的两个小山头上布下了数十米的阵地，这里是南朝鲜军攻击飞虎山的必经之地。

在进攻飞虎山时，第二营已经进行了轻装，背包和锹镐等工具都已扔掉了。现在坚守阵地，面临着挖工事的困难。

但任何困难都难不倒志愿军战士，三排长一声令下："有刺刀的用刺刀掘，没有刺刀的用手掘。"

战士们心里都明白，工事是胜利的保障，只有保存自己，才能杀伤对方。他们把石头一块一块掀起来，用手把土一捧一捧地捧出去，手当铁锹用，指头磨得钻心地疼，终于挖好了掩体。

黄昏时分，南朝鲜军对飞虎山开始了疯狂的反扑。飞机轰炸，炮火袭击，掩护着号叫的步兵成群地向山上拥来。当南朝鲜军距离阵地约30米的时候，机枪手刘玉田端起机枪，"嗒嗒嗒……"一排子弹成扇面扫过去，步枪组也跟着甩出一排手榴弹，10多具南朝鲜军尸体留在三排的阵地前，剩下的南朝鲜军连滚带爬地退了下去。

南朝鲜军不甘心失败，又连续进攻两次，仍然败退了下来。

天黑了下来，南朝鲜军暂时停止了进攻，阵地上又恢复了战前的宁静。

已经两天一夜没吃一点东西的战士们，此时已是又饥又渴、又困又冷，他们的眼皮已经不服从指挥，不自觉地就合上了。

"不能睡觉，要监视敌人。"三排长看到战士们要睡着，连忙提醒大家保持警惕。他拖着自己疲倦的身体，去敲醒熟睡的战士。

半夜 23 时左右，天空又下起雨来。冷雨打在脸上，顺着战士的脖子往下淌，指战员们的身体已经完全泡在冰水中了。

雨渐渐停了，但又刮起了西北风，天气骤然冷了起来。战士们湿透的棉衣成了冰衣，冻得周身麻木，困意没有了，大家只好爬出掩体，跺着脚取暖。

这时，三排长及时鼓励大家："咬牙再坚持一下，再过 3 个小时天就亮了。这是最困难的时刻，我们战胜困难，胜利就是我们的。"

5 日，天刚亮，不甘心丢失飞虎山的南朝鲜军，在飞机、排炮轰炸之后，出动两个连的步兵开始冲锋。

志愿军在工事里隐蔽待机，当南朝鲜军快接近阵地时，子弹、手榴弹一齐倾泻出去。

战士王广英的脚趾被炮弹片削断，但他杀敌的意志依然坚强，坚持带伤杀敌。战士们打得勇猛顽强，南朝鲜军丢下 30 多具尸体，败下阵去。之后，南朝鲜军又采取炮攻、火攻，都未奏效。

6 日，南朝鲜军又连续发起 5 次攻击。第三次发起攻击时，几乎冲上了志愿军的阵地。志愿军以机枪、手榴

云山大战

弹组成一道密集的火墙，很快把南朝鲜军压下去了。

就在这时，一颗炮弹在机枪手刘玉田面前炸响，机枪管被炸裂了。

南朝鲜军见机枪火力中断，立即号叫着蜂拥而上。机智的刘玉田抛开机枪，从战友身上拔出 3 个手榴弹抛向敌群。爆炸的手榴弹炸得南朝鲜军像被削倒的小树一样，一个个倒下去了。

8 日，南朝鲜军又部署了新的兵力，全面围攻飞虎山，用大量飞机、重炮把数以千计的炸弹、炮弹、燃烧弹向飞虎山主峰倾泻。飞虎山上碎石横飞，烈火熊熊。

此时，三排仅剩下 6 个人了，但他们坚定地表示："我在阵地在！"

刘玉田拍了拍怀里新换来的机枪："排长放心吧！有了它是不能叫敌人上来的。"

七班班长刘德兴亮起洪钟般的嗓门高喊道："只要我们有一个人活着，阵地就是我们的。"

排长面对着生龙活虎的战士，大手一挥："同志们！我们要守住阵地，寸土不失。"

"排长放心吧！我们一定守住。"

6 名英雄一次次从火海中奋起，阻击南朝鲜军。南朝鲜军在飞机、炮火掩护下，一个连接着一个连，进攻更加凶猛。刘玉田手中的机枪仅有 100 多发子弹了，又一个战士被炸伤了。

刘德兴独守右面阵地，七班副班长赵才山在阵地前打游击。在失去一条手臂后，他带着流着鲜血的残臂，仍投弹不止。后来，一颗罪恶的子弹打向赵才山的胸部，他光荣地牺牲了。

当三排长抓起一颗手榴弹将要投掷时，一排炸弹在他眼前炸裂，弹片撕碎了他的衣服。他双眼怒视着南朝鲜军，倒在了飞虎山阵地上。

战斗还在激烈地进行着，三排只有3个人了，他们抛出了最后的手榴弹，准备与南朝鲜军拼刺刀，打肉搏战。

正在此时，进军号声吹起，援兵上来了！

战斗打得更激烈了，直至太阳落山，南朝鲜军留下400多具尸体，退下了阵地。飞虎山依然在志愿军的控制之下。

志愿军在夺取飞虎山阵地后，于11月4日15时，开始守备飞虎山战斗。在连续五昼夜的作战中，共击退敌军100人以上进攻57次，阵地失而复得、反复争夺9次，胜利完成了任务。

一位熟悉汉学的朝鲜老人曾赋诗赞道：

飞虎山上万虎飞，成仁取义英名垂。

血洒朝鲜金碧土，朝中友谊共日辉。

云山大战

西线转入正面防御

就在二营坚守飞虎山时，一营正配合兄弟部队向军隅里攻击前进。

一营二连首先迅猛地冲上公路，一下子就截获了南朝鲜军100多辆汽车。南朝鲜军见我军兵力不多，就拼命夺回，双方打得十分激烈。一营被南朝鲜军的炮火阻在公路上不能前进。范天恩决定以三营支援，攻击军隅里。

11月5日，范天恩向一营和三营进行战斗部署，只要天一黑就向军隅里发起攻击。但就在此时，战斗情况发生了变化。

由于我军未能及时攻下军隅里，向安州和新安州攻击前进，切断南朝鲜军后路，致使敌军主力全部撤退到了清川江以南，并在新安州到介川一线占领了沿江有利地形。

志愿军首长鉴于歼敌机会已经丧失，而且粮弹供应发生困难，同时考虑到这次战役歼敌不多，我军实力尚未暴露，南朝鲜军很可能在稍事喘息和调整之后再次发起攻击等情况，于是，命令各军于11月5日停止攻击。

5日黄昏时分，范天恩接到了"停止攻击，就地防御"的命令。一接到命令，范天恩立刻就急了。

一营已经冲出 10 多公里，眼看就要发起攻击了。当时，既不通电话，也没有报话机，只能让通信员去送信了。

范天恩立即召集通信班，他说："任务变了，离一营攻击的时间不多了，一营必须马上撤回，可路上炮火封锁，天上有飞机扫射，你们说，怎样才能把信送到？"

话音未落，通信员王伦挺身而出，大声说："团长！我去，保证完成任务！"

范天恩审视着他，严肃地说："要在黄昏前送到，并且拿回营长王宿启的收条！"

"团长，你放心！"说着，王伦接过命令，脱去棉衣棉裤，一转身就跑步冲出了指挥所。

王伦走后，范天恩一面命令测绘员到前沿查对地形，一面亲自到二营参加反击。

范天恩非常担心王伦。他知道，在通往军隅里的路上，不仅天上有南朝鲜军的飞机低空盘旋，搜索这里的每条公路和山间小路，而且南朝鲜军的地面炮火也封锁着那里的每个道口，那里完全是一道炮火组成的火网。

眼看天要黑下来了，范天恩坐立不安，他不时地看看手表。王伦已经走了 50 多分钟了，但还没返回。

突然，他听到了熟悉的声音："团长，我回来了！"王伦回来了。

"回来了！命令送到了吗？"范天恩赶紧问。

此时，王伦身上冒着热气，气喘吁吁，身上的单衣、单裤早已被汗水湿透。他不慌不忙地掏出一营长的收条，递给范天恩。

范天恩大喜过望地说："好，给你记功，给你记功！"

从此，三十八军从追击南朝鲜军转入了正面防御，在院里、飞虎山、龙德里北山、月峰山以及松下里一带组织防御，待机攻击南朝鲜军。

至此，第一次战役西线进攻基本结束，虽然未能实现战役歼敌两到三个师的设想，但给南朝鲜军以重创，从而稳定了战场局势，扭转了朝鲜战争的形势。

这次战役，不仅使朝鲜人民军得以喘息，也为我军后续部队的开进开辟了稳固的前进空间。

四、 浴血阻击

● "这是敌人在搜索，敌人就要来了！"干部高
   兴地压低了嗓音说。

● "敌人上来了！"观察哨跑到防炮洞里报告。
   战士们立刻像旋风一样冲上了阵地。

● 疾风暴雨般的子弹从南朝鲜军身后扫了过
   来，敌人被打得不知所措，站在阵地上晕头
   转向，连卧倒都忘记了。

拉开坚守黄草岭序幕

1950 年 10 月 25 日，就在南朝鲜军第二军团在西线被迎头痛击的时候，东线的南朝鲜军第一军团所属首都师主力已经开进到咸兴以北，上通里、下通里、赴战岭以南地区，其中一个团沿海岸铁路线已经窜至端川。

到了 26 日，美第十军所属陆战第一师在元山登陆，企图经咸兴、长津迂回到江界；南朝鲜军第三师主力由元山地区开向咸兴，其第二十六团已经进抵上、下通里，接替首都师防务，准备向我黄草岭阵地进犯；首都师则东移，向赴战岭、丰山、城津推进。

在此时，朝鲜人民军一部正在黄草岭、赴战岭以南及城津以西地区节节抗击南朝鲜军的进犯。

黄草岭、赴战岭位于长津湖以南，是这一地带的高山分水线。岭南为我作战地区，这里群山起伏连绵，北高南低向远方伸延。

山岭之中，两条沙土公路在山区中分别越过黄草岭、赴战岭，北通江界，南至五老里会合，通向元山海港。

两条公路中间有一条小型铁路。从地理位置和地貌来看，黄草岭和赴战岭为要道，居高临下，易守难攻，为兵家必争的战略要地。

在这里，第四十二军只有一二四、一二六师坚守防御，而南朝鲜军则陆续投入了 4 个师的兵力，还有 1 个坦克团、2 个坦克营和 3 个炮兵团，此外还有空军配合，兵力远远超出我军。

麦克阿瑟将他的钳形攻势称为结束朝鲜战争的最后一次战役，能否付诸实现，首先看能否夺取黄草岭、赴战岭，从而打开长津通往江界、惠山的门户。

针对这样的情况，志愿军司令部为保证西线主力作战，并掩护我军主力开进，调第四十二军阻击东线。

彭德怀针锋相对，他下达给四十二军的命令是：

> 坚守黄草岭、赴战岭，保证西线作战，不准敌人合拢钳口。

四十二军军政治委员周彪也提出口号：

> 据险坚守，与敌决一死战，把黄草岭、赴战岭变成鬼门关，除了敌人游魂和俘虏外，一个敌人也不准越过。

一场殊死的斗争展开了。

四十二军先后于 24 日和 25 日以汽车输送了两个营，抢占了黄草岭、赴战岭，加强了朝鲜人民军的防御，并于 25 日与北犯的南朝鲜军首都师接触。

27 日，四十二军主力到达防御地区。第一二四师附炮兵第八师第四十五团，部署于黄草岭以南之 1115 高地、草芳岭、796.5 高地一线，与朝鲜人民军炮兵、坦克兵各一部配合协同作战。

第一二六师第三七六团配属炮兵第八师第四十四团一个营，部署于赴战岭、高人山以北地区。同时，以第一二四师一个加强营控制小白山要点。

10 月 24 日凌晨 2 时，志愿军第一二四师进入黄草岭阵地。

当天夜里，天空飘起了雪花，北风尖厉地呼号着撕扯枯黄的野草，气温已降到零下 10 摄氏度，天气非常寒冷。志愿军指战员们都隐蔽在黄草岭、赴战岭后面，阵地上鸦雀无声。

这是大战前最令人难熬的宁静！山野里静悄悄的，似乎万物都已经沉睡。但是，指战员们的心却始终平静不下来，他们希望战斗赶快打响！

时间一个小时一个小时地过去了，直到上午 9 时，山野里还是静得像睡着了一样。此时，不仅战士们捺不住了，就连干部们也有些沉不住气了。电话一个接一个地打到师部。

有的干部反映，战士们的手脚都冻麻了，再这样下去会影响战斗力；有的干部骂南朝鲜军吃了安眠药，睡不醒了；还有的竟然请示，让战士们到山沟隐蔽处活动活动冻麻木的手脚，免得增加非战斗减员。

听到干部、战士们的牢骚，一二四师政治委员季铁忠意识到，这是一种不利于战斗的情绪，应当立刻制止。

季铁忠对副师长肖剑飞说："通知各团营，不要再打电话问了，有情况会立刻通知的。麦克阿瑟比我们急，人家急于结束战争，回国去过感恩节呢！我们一仗还没有打，就急成这样，哪行？"

"水克火，忍克急，忍耐也是一种战术嘛！"师政委季铁忠继续说，"要求各部队按隐蔽纪律和规定执行，不准乱动。现在不是一场平常的战斗，不要因小失大。为了防止冻僵手脚，可以利用躺、蹲、卧等各种姿势活动活动手脚嘛！"

命令很快传达下去了，各级干部首先稳定了情绪，接着开始做工作，战士们的焦躁情绪逐渐平息了。

就在战士们的情绪刚刚安定下来的时候，两架美国直升机飞到了阵地上空，它们时高时低，时而爬升，时而俯冲，有时低得都可进入步枪射程。两架飞机在沟里沟外足足盘旋了半个多小时之后飞走了。

"这是敌人在搜索，敌人就要来了！"干部高兴地压低了嗓音说。

果然，这两架直升机刚飞走不久，南朝鲜军一个营的兵力就向志愿军第三七〇团二营四连前沿阵地运动。南朝鲜军一路走走停停，东张西望，离志愿军阵地越来越近。

到距志愿军前哨组仅 20 米左右时，连长命令重机枪、六〇炮突然开火。顿时，阵地上所有的轻重机枪、

浴血阻击

冲锋枪、手榴弹一齐吼叫起来。

进入伏击圈的南朝鲜军乱作一团，四处逃窜。但没跑多远就被我军的炮火打得哇哇怪叫。

就在南朝鲜军溃不成军的时候，我四连战士一跃而起，趁机发起了反冲锋，打死打伤南朝鲜军百余人，俘获30余人，拉开了黄草岭坚守防御战的序幕！

被打散的南朝鲜军不甘心失败，经过一番整顿，纠集了一个团的兵力，向我阵地展开集团冲锋。山坡上到处都是南朝鲜军闪亮的钢盔，他们正在手脚并用地拼命往上爬。

四连阵地连续被南朝鲜军突破三次，又三次被四连夺回。

恼羞成怒的南朝鲜军在强大炮火的掩护下，发起多路集团冲锋，第四次将四连阵地突破。

四连战士与南朝鲜军展开了白刃格斗。刺刀在阳光下闪闪发光，眨眼间就带着鲜血再次刺向南朝鲜军。南朝鲜军从来没有见过这样勇猛的部队，再次退了下去。

从10时到16时，四连与南朝鲜军展开了激烈的争夺，阵地屡次失手又屡次夺回。在6个小时的激战中，四连共毙伤南朝鲜军200余人。为保住阵地，四连也付出了很大的伤亡代价。

为了迎击南朝鲜军下次的进攻，营里派出一个排的兵力补充四连，四连的战斗力也得到了加强。

在夜晚，正当战士们整理工事的时候，军长吴瑞林、参谋长廖仲孚亲自赶到第一二四师阵地，帮助指战员总结防守经验。

吴瑞林说："根据今天的情况看，南朝鲜军可能是试探性进攻，估计明天会集中更多的兵力攻击我们。现在我们迎面之敌是伪首都师和伪三师。我们必须抓住美国陆战一师尚未到达目的地这个有利时机，先下手击溃首都师和伪三师，依托阵地大量杀伤南朝鲜军的有生力量，求其各个击破。

"今天算是拉开了坚守防御的序幕，后面坚守防御的时间还长，斗争更加残酷，必须以空间换取时间，保障西线作战胜利。"

吴军长的讲话，使大家很受启发，接着大家围绕以空间换取时间，达到坚守防御目的这一题目，展开了热烈的讨论。

浴血阻击

边打边退诱敌深入

1950 年 10 月 25 日早晨 8 时刚过，南朝鲜军的 15 架飞机，黑压压地飞到我军黄草岭阵地上空，开始疯狂的轰炸、扫射。

刹那间，重型炸弹、燃烧弹像冰雹一样倾泻而下。

志愿军阵地上立刻飞沙走石，热浪阵阵，浓烟滚滚，弹片横飞。爆炸掀起的气浪将一块块大石头掀起几米高。

浓烟烈火中，志愿军战士们机智灵活地躲在防炮洞里，只派了一个观察哨在前面监视南朝鲜军。

南朝鲜军炮火准备之后，地面部队在飞机的掩护下，从三面同时向四连发起了连续的集团冲锋。

"敌人上来了！"观察哨跑到防炮洞里报告。战士们立刻像旋风一样冲上了阵地。

阵地上，炸弹炸着的树木还在燃烧，空气中的硝烟直呛嗓子。

南朝鲜军的飞机虽然不再轰炸了，但是经常俯冲下来，刮起一阵狂风，干扰战士们观察。

面对漫山遍野像蚂蚁一样的南朝鲜军，四连指战员们临危不惧，从硝烟和烈火中钻出来，集中火力对付从正面进攻的南朝鲜军。

一排排子弹射了出去，一颗颗手榴弹飞了出去，在南朝鲜军中间炸响、开花，南朝鲜军被打得像放倒的木桩一样滚下山去。

但是，敌众我寡，侧面进攻的南朝鲜军从阵地左翼突破阵地，突破口正是连长和指导员指挥战斗的位置。而此时，连长身边仅有 1 个班的兵力，拥上来的南朝鲜军却有 30 多个，并且南朝鲜军还在源源不断地拥上来。

董连长急得眼睛里直冒火，他夺过身边战士手里的机枪，突然从工事里站起来，端着机枪向冲过来的南朝鲜军横扫。机枪喷射出火鞭狠狠地抽着南朝鲜军，成片的敌人号叫着倒在地上。

汹涌的人墙刚被打出一个缺口，但后面的南朝鲜军又冲上来堵上了。指导员连忙用手枪向南朝鲜军进行射击，一枪一个，弹不虚发。通信员、司号员也都与南朝鲜军展开了激烈的搏斗。

突然，连长左臂负伤，鲜血涌出，机枪落地不响了。南朝鲜军端着刺刀向连长扑来。

这时，司号员高高举起一块大石头向那个南朝鲜军砸了过去，那家伙当即脑浆迸裂，一命呜呼！

连长趁机从腰间抽出手榴弹，抡圆了手臂向南朝鲜军扔过去，"轰"的一声，几个南朝鲜军被炸翻，随后的南朝鲜军吓倒了一大片！

战斗进行得十分激烈！有的战士身负重伤，就用残肢支撑身体，蹲着、卧着或跪着向南朝鲜军继续射击投弹；实在没有力气射击投弹了，就高举起手榴弹，等南

浴血阻击

朝鲜军到身边时与敌同归于尽！

南朝鲜军虽然损失惨重，但在督战机枪的弹压下，依然如潮水一样涌上来。

此时，四连尽管杀伤了大量南朝鲜军，但自己的损失也越来越严重。连长身负重伤，指导员意识到敌众我寡，不宜久战。于是，他命令连队一边战斗一边向南收缩。部队终于退到了一片乱石堆处，指战员们依靠一块块一人多高的巨石作掩护，形成了一个新的防线。

四连的阵地已被南朝鲜军占领了一半，他们陷入了南朝鲜军的四面包围之中。

就在这万分危急的时刻，志愿军设在南朝鲜军背后的伏击火力点开火了。疾风暴雨般的子弹从南朝鲜军身后扫了过来，敌人被打得不知所措，站在阵地上晕头转向，连卧倒都忘记了。

二营的10多门迫击炮也加入到了打击南朝鲜军的行列。一颗颗炮弹在敌群中爆炸，炸得他们乱滚乱爬。四连趁机发动反击，经过7个多小时的鏖战，终于打退了南朝鲜军的进攻。

这样，四连的指战员们与南朝鲜军激战了两天两夜，牢牢控制住了阵地。

10月28日，纷纷扬扬的雪花从天而降，灰蒙蒙的雾笼罩了黄草岭，天气显得格外寒冷。

经过几天的激战，四连的伤亡比较大。为了保存实力，歼灭更多的南朝鲜军，师部决定将前沿阵地收缩，从而诱敌深入，把南朝鲜军放进来歼灭。

具体部署是：

> 第三七〇团在正面用 4 个连防守，并用 5
> 个连的兵力为预备队，反击发起后，由预备队
> 从正面打出去。
>
> 第三七〇团左侧是三七一团的两个营和三
> 七二团的一个营，待正面反击后，他们从靠近
> 公路边的汶洞突击，卡断南朝鲜军的退路。

为了不让南朝鲜军对我军的突然收缩引起警觉，师
部命令前沿阵地采取边打边退的办法，引诱南朝鲜军逐
步入网，然后收缩网口。

10 月 29 日天刚刚亮，雪停了，天空一片晴朗。大批
南朝鲜军的飞机遮天盖地飞来，按照他们已经熟悉的目
标，对我阵地进行狂轰滥炸。40 多分钟后，南朝鲜军步
兵开始多路出击。

我军前沿阵地指战员按既定作战计划，边打边撤，
引敌深入。到中午 12 时许，南朝鲜军已深入志愿军阵地
十四五公里。

眼看着黄草岭即将被"占领"，南朝鲜军更加起劲地
进攻，但这时我军寸土不让了，开始对南朝鲜军进行顽
强阻击。

南朝鲜军攻至 15 时，攻击毫无进展。焦急的南朝鲜

军组织更多的兵力准备发动更大的攻势。

就在这时，我军阵地上的山炮、迫击炮、六〇炮一齐呼啸起来，颗颗炮弹直向敌群飞去，南朝鲜军的集结地被炸成一片火海。他们惊慌失措，抱头鼠窜。

南朝鲜军的飞机连忙赶来压制我炮兵，向我炮兵阵地俯冲轰炸。我军早有准备，高射机枪、重机枪立刻射击，组成对空火力网，当即击落南朝鲜军飞机两架。南朝鲜军的飞机再也不敢俯冲低飞了。

炮击之后，朝鲜人民军9辆坦克沿公路冲了出去。与此同时，第三七〇团倾全力发起反冲锋，居高临下，势如猛虎下山，杀得南朝鲜军七零八落、溃不成军。

这次战斗共杀伤南朝鲜军500余人，击垮了李承晚的第三师和首都师7个营，南朝鲜军的第二十四联队基本上失去了战斗力，我军阵地也向前推进了6公里。

惨烈肉搏烟台峰

1950 年 10 月 29 日，志愿军在黄草岭发动反击，一举击溃了南朝鲜军连日来的进攻，并将阵地向前推进了 6 公里。其中，战略要地烟台峰也被我军占领。

烟台峰位于通向黄草岭的公路右侧转弯处，与对面的 727 高地遥相呼应。从峰顶俯视，公路上的所有目标都历历在目。烟台峰既是黄草岭的门户，也是南朝鲜军攻占黄草岭的必经之路。

反击战取得胜利之后，志愿军第一二四师重新调整了作战部署。为了不让南朝鲜军发挥机械化装备的优势，防止南朝鲜军沿公路向我军阵地纵深突击，师领导确定以烟台峰为设防重点，并调军工兵营两个连协助第三七一团构筑工事，准备迎击美陆战一师的进攻。

企图攻占烟台峰的是美陆战一师和南朝鲜军首都师、第三师一部。为攻占这里，陆战一师师长奥利佛·史密斯将部队分兵两路：陆战一师主力和第三师残部直接攻击黄草岭，另一部分兵力则由五老里直取赴战岭。

狡猾的史密斯不敢贸然进兵，首先指使南朝鲜军第三师的一个营向烟台峰进行试探性的进攻。

10 月 30 日下午，南朝鲜军第三师的一个营由上通里向秋都里移动。当接近秋都里时，遭到我四连一个加强

浴血阻击

班的伏击。

被打怕了的南朝鲜军开始时误以为遇到我军主力，战斗一打响就仓皇后退。后来，南朝鲜军发现我军的火力并不强，这才弄明白遇到的是小股部队。于是又重整旗鼓，在炮火掩护下开始大举进攻，终于夺取了秋都里。

南朝鲜军攻占秋都里后，兵分三路：一路由南向北直攻烟台峰顶峰，一路于秋都里右侧沿山沟向烟台峰右侧的隐峰里进攻，另一路沿公路向烟台峰左侧攻击。三路敌兵齐头并进，对四连阵地成夹击之势。

经过对烟台峰主峰的反复争夺，坚守主峰的志愿军只剩下 6 个人了，而美军已经占领了主峰的半边。

刚刚从团里开会回来的连长刘君拔出手枪，对连部的司号员、理发员和通信员以及其他几个非战斗人员说："跟我上去！"

他们分成两组向主峰上冲。右路在上山时踏响了地雷；左路在地雷爆炸的烟雾中迅速前进，用手榴弹消灭了美军的重机枪。

这时，一排端着刺刀的美军士兵吼叫着冲了过来。看到这里，连长刘君心中一阵难过，还没去支援，就要牺牲了。

突然，一阵军号声响起。美国兵听到号声，不由得胆战心惊。在美军中流传着关于"中国喇叭"的许多骇人传说，在这样近的距离上听到军号声，他们更加恐惧。于是，他们连武器都不要了，转身就跑。

刘连长回身一看，只见司号员张群生正昂着头吹号，不禁高兴得喜笑颜开，美军被一阵军号声给吓跑了。

刘连长冲上主峰后，发现阵地上连同自己带来的人也只有19个人，其中4名还是伤员。他把这些士兵集中起来，然后向他们传达了团会议所传达的西线部队将美军骑兵第一师打得丢盔弃甲的战况，并再一次宣布，我军必须坚持到天黑，等待主力部队的反击。

美军的进攻再次开始了。

司号员张群生躲在岩石后看到，美军士兵的脑袋在一个山洼里冒了出来，钢盔在阳光下一闪一闪的。就在美军离主峰阵地10米的时候，刘连长命令射击。

美军从枪声中判断出主峰上的志愿军人不多了，所以这回就没有后退，而是趴在弹坑里向主峰顶上扔手榴弹。

机枪手郭忠全被手榴弹炸伤，机枪停止了射击。这已经是他第三次负伤，他的一条腿已经被炸断了。

美军趁机枪停止射击的时候扑了上来，郭忠全抱着机枪跪起来，机枪的扫射声再次响起。

与此同时，在另一个方向上，几个美军已经爬上了主峰，刘连长手持一支上了刺刀的步枪从战壕中站起来，迎着美军冲了上去。

惨烈的肉搏战开始了。刘连长与4个美军士兵纠缠在一起。他把刺刀刺入一个美军士兵脊背的时候，一个美军的刺刀也正向他刺来。士兵郑友良眼疾手快，用枪

浴血阻击

托把这个美军士兵打倒了。

美军还在源源不断地往山上爬。在这危急关头，增援的三班赶到了。美军看到我军增援部队到了，开始慌忙地向下退去。

刘连长高兴地喊："三班！给你们请功！"就在这时，一颗子弹击中了他，刘连长倒在了司号员张群生的身上。

刘连长对张群生说："山上人太少了，要守住！"

张群生说："咱和敌人拼了！"

刘连长说："我不行了，你就当正式的司令员吧。"

张群生在连里有"小张司令"的美誉。

张群生用力地点了点头。他抬头向山下望去，只见美军的几辆卡车开到山下，卸下增援的士兵，然后装上美军的尸体，开走了。

张群生把连长交给另一个战士照看，然后开始清理弹药，每个人平均可以分到 6 发子弹、2 枚手榴弹。他爬到通信员郑兆瑞身边说："子弹不够，就用石头拼！"他又爬到理发员陈凯明的身边说："连长快不行了，给他报仇！"

张群生几乎和每个士兵都说了一句话，战士们都说："小张司令，我们听你的！"

美军又开始进攻了。经过炮火准备之后，200 多名美军冲了上来。一阵零散的枪声响过之后，紧接着石头像雨点一样砸向美军。

在张群生的指挥下，他们爬上了峰顶，以悬崖峭壁、石缝洞口当掩体，这样，美军飞机轰不着，枪弹也射不到。等到美军爬上来，他们就用石头砸。

就这样，他们打退了美国陆战一师的多次进攻，用生命和鲜血保住了烟台峰。战斗一直持续到天黑，美军又退了下去。

暮色中，阵地上仅存的3名中国士兵紧紧地靠在了一起。张群生把他的连长抱起来，呼唤着他，但刘连长已经再也不能回答他的呼唤了。

一个战士提醒张群生，该向营指挥所报告了。于是，张群生在夜幕中又吹响了军号。

营指挥所听到了号声，号声告诉指挥员们：天黑了，我们还在烟台峰上！

浴血阻击

偷袭美军炮兵阵地

1950 年 11 月 2 日，在美军陆战一师的正面压力下，第四十二军一二四师在黄草岭的阻击线形势有不断恶化的趋势。

侦察员报告说，陆战一师的炮兵群位于烟台峰东南的龙水洞，并配备有 10 多辆坦克，担任炮群警戒的只有一个营的兵力。龙水洞南约 10 公里处有个地方叫五老里，美军陆战一师的主力就驻扎在那里。

四十二军军长吴瑞林接到报告后，打电话给一二四师师长苏克之："老子要你掏陆战一师的心窝，砸烂它的炮兵群。"

苏克之为此组织四个营，由副参谋长统一指挥，采取"打头、拦尾、击腰，深入纵深，挖穴掏心"的战术，向占领龙水洞的陆战一师一部进行反击。

偷袭队伍出发不久，一营在龙水洞北 500 米的地方发现了美军的炮兵阵地。一营营长冯贵廷正在高兴，却发现二营还没有跟上来。跟随一营指挥的三七一团副团长佟玉表示，如果等二营上来再打就晚了。于是，进攻开始了。

一营从正面和侧翼冲入美军炮兵阵地，一阵密集的手榴弹，炸得睡梦中的美军一下子乱了套，我军趁乱缴获了 10 多门炮。

清醒过来的美军立即组织阻击，数倍的美军把一营包围了。混战中，美军把丢失的火炮又夺了回去。一营东杀西挡，混战中歼灭了美军一个排，天亮后，一营撤出战斗。

几乎在同一时间，由三七〇团三营参谋长邢嘉盛率领的三营在黑暗中摸到了龙水洞的西侧。他们发现，美军就在小河的那边宿营。

邢参谋长亲自过河侦察，看见一个挨一个的帐篷里都亮着灯，美军士兵大多数都在睡觉，没睡觉的也在喝酒打扑克。20 多门榴弹炮放在河滩上没有警戒，只有 10 多辆坦克成环形布置在炮兵阵地周围，几个游动哨兵散漫地来回放哨。

邢参谋长回到河边，正向各连交代任务的时候，北面突然传来枪声，是一营的战斗打响了。枪声惊动了对岸的美军，邢参谋长立即把偷袭改为强攻。

三营发起了猛烈的攻击，美军炮兵阵地上的 10 多门火炮被一一炸毁，一个加强排的美军士兵大部分被打死在睡袋里。

战斗结束后，三营继续向美军的防线深处前进。在一条公路上，他们又袭击了美军的一个营部，击毁 2 辆吉普车、7 辆卡车和 3 门榴弹炮。

迷失方向的二营在副营长赵继森的率领下，摸到了美军驻守的一个高地下。赵副营长命令尖刀班上去干

浴血阻击

一仗。

当尖刀班摸到阵地前沿的时候，看见弹坑里、工事里横七竖八地睡着 30 多个美军。班长一挥手，士兵们立刻扑了上去。

可是，冲上去的士兵被眼前的景象惊呆了：睡在睡袋里的美军士兵都是黑乎乎的脸。他们没有见过黑人，大多是农民出身的他们根本不知道这世上还有黑皮肤的人。

"鬼！有鬼！"不知谁喊了一声，尖刀班的士兵掉头就往回跑。

赵副营长见尖刀班非但没有打响，还跑了回来，连忙问怎么回事。

战士们气喘吁吁地说："鬼，山上有鬼！"

听到这不着调的回答，赵副营长生气地说："扯淡，就是有鬼，也要把高地拿下来！"说着，带着两个排冲了上去。

经过激烈的战斗，美军的一个排被击垮。

天亮的时候，战士们还围在美军黑人士兵的尸体旁边看个不停。有的士兵用毛巾沾上雪水去擦那些黑人的脸，研究那黑色是不是涂上去的。

美军陆战一师遭到袭击后，立即命令暂缓正面进攻，调集预备队投入战斗，要把深入腹地的中国军队消灭掉。

深入敌后最远的三营被美军包围在一个高地上。三营邢参谋长站在高地上看到美军开来的车队，有整整一个营的兵力。他决定，趁美军立足未稳，发起冲击。

志愿军两个连呐喊着冲下山头，一路猛打猛冲，美军立刻招架不住，乱成一锅粥。混战之中，有 130 多名美军被打死，30 多名被俘虏，40 多辆卡车被烧毁。战士们捡了 60 多支枪和两部电台跑回山上。

美军把高地紧紧地包围起来，集中 10 多架飞机和一个团的兵力，开始了疯狂的报复。

邢参谋长机智地命令战士们和美军搅在一起，不让美军的飞机发挥作用。这样，美军的飞机不敢贸然轰炸，只好在低空盘旋。三营一直坚持到了天黑。

天黑后，在正面佯攻的掩护下，三营开始突围。他们一路边打边撤，躲进了大山。他们靠吃野果充饥，历尽艰辛，两天后终于与接应他们的部队会合。

对志愿军发动的这次袭击，西点军校毕业的美军陆战第一师师长史密斯百思不得其解：

这样大规模、打纵深的袭击行动，几乎就是自杀！这到底是基于什么样的战术思想呢？

浴血阻击

激战十三个昼夜

1950 年 11 月 5 日，"联合国军"向黄草岭发起了更为猛烈的进攻。

清晨 8 时许，30 架"联合国军"飞机轮番在黄草岭阵地上空轰炸。轻重炸弹、凝固弹纷纷倾落，阵地被炸得飞沙走石。特别是敌机接连投下重磅炸弹，每个炸弹炸开的弹坑直径达 6 米，深达 4 米，几乎将我军地面工事全部摧毁。

两个多小时的狂轰滥炸后，几十门大炮又紧接着一齐轰击。在强大炮火的掩护下，30 多辆坦克沿着崎岖的山路，向黄草岭阵地冲来。

一时间，志愿军阵地的形势十分紧迫。

为了阻止"联合国军"坦克沿公路突破，以第三七二团第六连为主组成了一个爆破队，队长由第六连连长李金山担任。爆破队划分了 10 个爆破组，每组 7 至 10 人，每人一包炸药，每组配有 2 至 3 挺轻机枪。

在三距里到水田口北山约 4 公里的公路上，志愿军沿着公路靠山边挖了许多打坦克洞，并用草木、石块等做好伪装，不使"联合国军"察觉。

除此之外，朝鲜人民军的 7 辆坦克也埋伏在水田口北山的拐弯处，准备随时阻止"联合国军"坦克前进。

第一二四师还将 50 余门大炮组成了三个炮群，准备以先发制人的方法，砸烂"联合国军"的炮群。

炮击和飞机轰炸之后，"联合国军"坦克、步兵多路出击，企图分割第三七二团的左右阵地，迂回到三七二团侧后去袭击。

但是，"联合国军"的美梦很快就化成了泡影。迎候在那里的朝鲜人民军坦克群一齐向"联合国军"坦克迎头射击，一连击毁 3 辆。

与此同时，志愿军阵地前沿的爆破组一跃而起，用 3 包炸药又炸毁了两辆坦克，中间的爆破组积极配合，拦腰炸毁坦克数辆。

"联合国军"的坦克马上乱了套，向前走不动，掉头回不去，开始互相冲撞，有的还翻到了山沟里。

不甘心失败的"联合国军"又卷土重来。他们不敢冒进，而是缓缓地往上爬。爬爬停停，停停爬爬，还带着高音喇叭广播："缴枪吧，'联合国军'优待你们！你们现在是少弹缺粮，白送死，缴枪吧！"

"打！给我狠狠地打！"隐蔽在阵地上的吴连长命令说。

立刻，阵地上所有的轻重机枪、冲锋枪、步枪一齐吼叫起来，织成了一片火网，手榴弹也像秋天的麻雀一样飞向"联合国军"。子弹和弹片在阵地前沿组成了一道钢铁的帷幕，打得"联合国军"连滚带爬，直向山下逃命。

浴血阻击

这时，我军六〇炮又开火了，追着美军的屁股送了他们一程。至此，"联合国军"再也不敢向山上进攻了。

黄昏时分，军长吴瑞林来到阵地指挥所视察，并给指战员带来了好消息。他说："西线歼敌 1.5 万余人，胜利地结束了第一战役。志愿军司令部命令我们撤出黄草岭，另有新的任务。黄草岭阵地由志愿军第九兵团接防。"

在 13 个昼夜里，第四十二军以两个师的兵力，抗击了南朝鲜军的第三师、首都师及美国海军陆战队的第一师和第七师。

志愿军与朝鲜人民军一部在黄草岭、烟台峰激战了 13 个昼夜，以坚决的阻击和 6 次反击制止了"联合国军"的多次进攻，歼"联合国军"2700 余名，粉碎了"联合国军"迂回江界的企图，有力地保证了我军主力于西线的作战。

五、 战役总结

● 彭德怀走到人们中间，用商量的口气说：
  "我计划停止攻击，让部队后撤，你们有什
  么意见？"

● 在紧张不安中度过了一夜的观察哨兵高声大
  喊："他们逃跑了！他们逃跑了！"

● 韩先楚也高兴地说："没错，世界第一军事
  强国，照样被我们打熊了！"

全线停止进攻

1950 年 11 月 4 日，在志愿军司令部的作战室里，彭德怀借着烛光认真仔细地看着地图，并用手指和铅笔在上面指指点点。

彭德怀看一会儿，就起身踱步走一会儿。最后，他若有所思地点了点头，扔下铅笔，转身来到狭小的作战室。

在作战室里，邓华、洪学智以及几个参谋正在忙碌着。

彭德怀走到人们中间，用商量的口气说："我计划停止攻击，让部队后撤，你们有什么意见？"

作战室里的人听到这个命令都有些吃惊，正是节节胜利的时候，为什么要停止追击呢？

邓华似乎听出了这个命令深层次的含义，他说："据各部队侦察报告看，'联合国军'退守清川江南岸以后不断地在调整部署，又有几支部队到达，估计'联合国军'很快就会组织反扑。"

彭德怀说："会的。我们过江部队人数不多，麦克阿瑟的傲气还没被打掉，他一定会再次进攻。"

邓华说："那咱们就来个姜太公钓鱼，愿者上钩，然后来个攻其不备，出其不意。"

彭德怀说："对，麦克阿瑟错误地低估了我军出国的兵力，他求胜心切，会卷土重来，所以我考虑我们第一步是诱敌深入，第二步是用两个军实施穿插，把落入我军包围之敌与企图解救之敌隔开，各个歼灭，用两个军隐蔽地摆在左翼，准备随时向敌人后方猛打迂回；而正面可以稍加抵抗，适时地放弃阵地诱敌进入预定战场，再合围歼灭。"

邓华说："把敌人层层包围，再不能像这次战役一样让敌人漏网，要打歼灭战！"

彭德怀说："这叫关门打狗，放他们进来，先把飞虎山送给他们，给他们点甜头尝尝。然后，我们在安心洞一线布下罗网，让他们到安心洞养养神，再收拾他。"

邓华说："毛主席在入朝前命令我军部队走小路，夜行军，只做不说，不宣布我军已大规模入朝，实在是高明！"

韩先楚也高兴地插了一句："这就叫做战略伪装，让敌人又聋又哑，这次再给敌人摆上迷魂阵，诱敌深入，让他的最后攻势完蛋！"

洪学智也出主意说："让一一二师，还有一些先遣支队，做出溃退的假象，丢些衣物、破武器，迷惑敌人，让敌人以为我们撤退了，他们的傲气就会大增。"

"你洪大麻子就是点子多，"彭德怀高兴地说，"我们要做样子，发请帖。通知一一二师，让他们这样做，我军习惯在运动中歼敌，布口袋，拦头、截尾、斩腰，这是我们的长处。"

彭德怀继续说道："邓华不是有名的智将吗？你说说在哪里搞个预设战场，把敌人放进来，放到哪里打最合适？"

邓华沉思了一会儿，说："刚才我和老洪、先楚商量了，清川江北部山区是个好战场，朝鲜是个半岛，越朝南去越狭窄，越往北走越宽阔。敌人东西两线，越往北犯，它们之间的缺口就越大。我们的这次战役就是利用这一点，下次战役仍然可以利用这一点。敌人的东线集团和西线部队之间有80公里到90公里的缺口，东线我们仍然阻击。在西线，我军可以分割包围，聚而歼之。"

洪学智说："东西线各自布口袋，打击敌人。关键是不能让敌人看出咱们的意图，不能打草惊蛇。所以要教育部队，仍以进攻姿态作好部署，不让敌人看出破绽。"

"我同意这个意见。"韩先楚说，"各部队必须有严明的纪律，规定什么时间到什么位置，要不顾一切到位，让后退就后退，让前进就前进，不能破坏整个战役计划。"

彭德怀看到大家意见一致，就说："好，既然大家都同意诱敌深入，我马上向毛主席报告请示。"

当日15时，彭德怀致电毛泽东，提出了对战局的发展及志愿军下一步作战的见解：

第一次战役的胜利，对稳定朝鲜北部人心，我志愿军初步站稳脚跟，是有意义的。但消灭的敌人不多，现在，敌人的气焰还没有完全打掉，头脑还没有冷静下来，敌人很可能重新组织进攻；我们要将计就计，引诱敌兵冒进，待其深入我预设战场后歼灭之。

11月5日凌晨，毛泽东回电，批准了这个计划：

> 11月4日15时电悉。同意你的部署，请你按当面情况酌情决定。
>
> 德川方面甚为重要，我军必须争取在元山、顺川铁路线以北区域创造一个战场，在该区域消耗敌人的兵力，把问题摆在元山、平壤线的正面，而以德川、球场、宁边以北以西区域为后方，对长期作战方为有利。目前是否能办到这一点，请依情况酌定。

同日，毛泽东再次来电，确定由宋时轮率领第九兵团立即入朝，全力担负东线的作战任务。

毛泽东的信任和支持加强了彭德怀执行新的作战计划的决心。

随后，志愿军司令部发出了"各部队停止进攻，就地防御"的命令。这个命令发出之后，志愿军各部队开始与"联合国军"脱离接触，消失在白雪茫茫的崇山峻岭之中。

前线部队秘密撤退

1950 年 11 月 4 日到 5 日，撤退到清川江边的"联合国军"再次受到大规模的夜间袭击。

11 月 4 日，在清川江大宁桥东侧，一个营的志愿军从"联合国军"没有警戒的东侧阵地突入到美骑兵师六十一野战炮兵营的阵地。抱着炸药包的爆破小组接连炸毁了美军的数门火炮和一些车辆，并和美军士兵展开了白刃战。

美军炮兵营除炮手外的所有士兵组成环形防御阵地进行阻击，炮手们则以零距离为标尺胡乱开炮。当他们把所有的炮弹全部打光后，不得不在步兵的接应下逃生。

看到美军遭到袭击，英二十七旅旅长巴兹尔·考德判断，在没有支援的情况下，部队很难抵挡住中国军队的大规模进攻，因此，他决定天一亮就向南撤退。

第二天早上，英军在大批空军的掩护下，冒着东侧高地志愿军火力的打击开始撤退。到傍晚时，英二十七旅在新安州北岸占领桥头阵地，得以喘息。

然而，志愿军部队避开了美国空军的侦察尾随而来。黄昏后，向英二十七旅发动了大规模夜袭。

二十七旅旅长考德在部队连续遭受 4 个小时的袭击后，再也无法指挥部队行动了。阵地前沿的士兵开始溃逃，然后，整个阵地土崩瓦解。

英国士兵对旅长考德说："今天这个晚上是坏人服罪的日子。"

就在英国士兵惊恐地看到志愿军迅猛如洪水的冲击时，清川江北岸的美军第十九团遭到了志愿军四十军三五五团和三五八团的全纵深、大规模夜袭。

美军战史记载了这次战斗的片段：

> 美军第十九步兵团桥头堡阵地和英军第二十七旅阵地之间有 5 英里的缺口，一座大山位于这个无人地带。敌军越过这座山就能迂回到第十九步兵团或二十七旅的侧翼和后方……
>
> 5 日晚，敌人沿着整个防线发动了进攻，遇到第十九步兵团 E 连和 G 连的抵抗。至少有一部分敌人的攻击部队是从背后爬到 E 连阵地的，显然是顺着野战电话线摸上来的。
>
> 中国人抓住了许多睡在睡袋里的人，并且杀死了他们，还有一些人脑后中弹。实际上，中国人已经占领了 123 高地的营阵地。

美军第二十四师十九团的阵地被冲击得最为严重，几乎所有的连队都在告急，伤亡的速度使指挥官们几乎认为世界的末日已经到了。

在攻占"联合国军"左翼阵地之后，志愿军士兵像

战役总结

漫过堤坝的潮水一样向"联合国军"冲去。

美军军官试图在阵地周围集合被打散的士兵,但士兵们已经被吓破了胆,有的撒开腿没命地逃跑,根本不听指挥,有的士兵则趴在战壕里在胸口画着十字架,祈祷中国军人不要再施加压力,否则十九团就会溃败……

美军军官只好抓住身边所有能站得住的人,用手枪指着他们进行抵抗。在枪管顶住脑袋的一刹那,美军士兵终于找回了军人的感觉,开始拿着机枪对着黑夜盲目射击。

"混蛋!不要浪费子弹!"美军军官气得直骂。

"长官,请指示目标?"被吓得晕头转向的美军士兵只好这样说。

"目标?!朝着喇叭声的方向射击就行了。"

天终于亮了,枪声也不知道什么时候停了下来。看到太阳升了起来,美军又来了底气。美十九团一营在重新装备后,向丢失的阵地开始反击。

士兵们缓慢地向高地靠近,任何一点风吹草动他们都会就地卧倒。但是,奇怪的是,他们没有遇到任何阻击。美军终于爬上了高地,阵地上什么也没有,昨晚像潮水一样的志愿军消失了!

英国二十七旅的官兵们也心惊胆战地向失去的阵地反击。阵地上一片寂静,这让英军很不适应。此时,他们非常希望而又怕见到志愿军出现,因为那样是正常的,是符合预料的,他们的恐惧也才有的放矢。

当他们爬上布满战壕的阵地的时候，眼前的情景令他们惊奇不已：中国人没有了！

在紧张不安中度过了一夜的观察哨兵高声大喊："他们逃跑了！他们逃跑了！"

"联合国军"的飞机在晴朗的天空中盘旋，侦察机飞行员在机舱里四处张望，但是，没有任何志愿军的踪迹，连雪地上也没有一点痕迹。

飞行员报告说："没有敌人的影子，中国军队去向不明。"

在战争西线清川江前线作战的中国军队，毫无征兆地消失了。

战役总结

挺进敌后展开游击战

1950 年 11 月 5 日，在志愿军总部，彭德怀正望着地图微笑。

在地图上，代表我军的红色箭头已经聚拢成线，并向前推进，而代表对方的蓝色箭头正向后撤退。

看到彭德怀露出难得的笑容，邓华也高兴地说："彭总，这次战役我看还是实现了我们的目的，虽然有些地方不尽如人意，但是我们毕竟取得了胜利。南朝鲜军让我们消灭了不少，美国鬼子我看也没什么了不起的，我们照样可以消灭他。"

韩先楚也高兴地说："没错，世界第一军事强国，照样被我们打熊了！"

"话又说回来，我觉得还是不能小看这些'联合国军'。这次战役，他们的飞机不停地轰炸我军特别是我们的后方运输线，使我们的粮食和弹药很难送上去，前方的战士有的都弹尽粮绝了。"洪学智摇着头说。

彭德怀点了点头，对洪学智说："你看问题还是很准嘛，我看，以后就专门让你负责后方运输好了。"

"干不了，不了！"洪学智连连摆手说，"我在前方打仗惯了，谁愿意管这个婆婆妈妈的事情。彭总，您还是另寻人吧！"

"呵呵，干不干可由不得你，等我报告中央军委和毛主席以后，我看你这个后方勤务司令是跑不了啦!"彭德怀笑着说。

这时，邓华看着地图突然说："彭总，我有个建议!"

彭德怀诧异地看着邓华说："你说!"

"我注意观察了这次战役敌人的部署，大家看!"邓华说。接着他把彭德怀以及几位副司令还有参谋长解方、政治部主任杜平领到了沙盘前。他指着沙盘说："这次战役，敌人部署在第一线的总共有 13 个师、1 个旅、2 个团，共 19 万人，而第二线部队，敌人只有 4 个师、2 个旅、5 个团、1 个营，共 7 万余人。

"也就是说，敌人的兵力是前重后轻，他们的目的主要还是想进攻，随着敌人的快速推进，后方战线必然拉得过长，加上敌人狂妄自大的心理，防守必然空虚、松散。现在敌人虽然吃了一些亏，但是并没有接受教训，仍然骄傲无比，甚至喊出了感恩节前结束朝鲜战争的口号，我看，我们有机可乘!"

接着，邓华指着志愿军的阵地说："我看，咱们 11 月 4 日就开始组建的游击队，可以派上用场了!"说着，又指了指对方的后面。

邓华所说的游击队，源自彭德怀的一封电令：

准备一批必要干部和数营兵力，配合朝鲜人民军，组织几个支队，挺进敌后开展游击战争。

这个任务落到了四十二军肩上。军长吴瑞林和政委周彪研究之后，命令一二五师立即组建两个游击队，每个支队由一个加强营组成，分别由副政委茹夫一和副师长率领，配带电台，挺进敌后，联络朝鲜党政军民，开展游击战争。

当时，彭德怀和邓华给游击队的任务是：打击小股敌人，捕捉特务，搜集情报，消灭伪政权和其他地方武装，破坏对方交通，与留在后方的人民军和劳动党取得联系。

此时，"联合国军"大规模撤退，正是游击队趁乱渗透的好时机。彭德怀明白了邓华的意思，于是命令游击队向南开进。

5日，游击队趁着朦胧的夜色通过大同江浮桥，向南进发。然而，队伍刚过浮桥就与"联合国军"遭遇。没有游击战经验的朝鲜人民军游击队员向"联合国军"发起冲锋，伤亡很大。茹夫一为挺进敌后的目标着想，决定退出战斗。

此后，茹夫一迅速将国内游击战的经验传授给了朝鲜同志，并制定出行动的策略：尽量避开大路，避开"联合国军"主力，挑选"联合国军"防线的缝隙穿插过境。同时他还制定出了游击队的战斗原则：速战速决，打了就跑，专打弱敌，扰敌后方。

在行动中，游击队不断改变行动规律。为了不让"联合国军"摸清他们的去向和落脚点，他们在地图上选择好行军的目的地，一般是一夜能走到的路程之内的目标，然后找一个当地的向导，先向与目标不符的方向走几公里，然后再迅速掉转目标的方向疾行，到达目标后将向导留下，到晚上再出发时把新的向导带上，再把上一个向导放走。

每到一个宿营地，他们总是先包围，后进村，封锁消息，附近的路口和高地上都布置便衣哨兵，并且派出经验丰富的侦察员了解周围的情况。

这支游击队在极其危险的环境中，不断袭击"联合国军"的零散部队和南朝鲜军政府，打了大大小小无数的胜仗。

游击队遇到的最大困难就是伤员的问题。牺牲的士兵可以就地掩埋，但是，20多名伤员就必须在行军中抬着前进。

本来，按照中国军队的传统，伤员都是交给当地老乡照顾的。但是，这是在异国他乡，没有哪个人会在"联合国军"的后方收留游击队伤员的。

为了解决这个难题，三七五团政治处组织股长高成江了解到，在桧仓有很多开饭馆的华侨，他结识了其中一个老人。

这个老人叫张兴盛，祖籍是中国山东荣成，抗日战争时期为了躲避日本人抓劳工而逃到朝鲜。他开了一个

战役总结

小饭馆。当听说希望他能接收游击队的伤员时，他豪爽地说："中国人都是我的亲兄弟！"于是，游击队的伤员就全部由张大爷收留了。

游击队后来与在平壤以南的朝鲜人民军的正规部队会合。七八个师两万多朝鲜人民军在第二军参谋长芦哲的领导下转战后方。

游击队用电台报告了志愿军总部，彭德怀特意发来电报：

> 你们与人民军两万余人在敌后胜利会师，意义重大，我甚为欣慰。

金日成也对游击队予以表扬，并通过游击队转达命令，让二军团向平壤东北的成川、江东两城进攻，以策应志愿军第二次战役正面战线的作战。

梁兴初气呼呼地走出会议室

1950年11月13日，志愿军司令部在大榆洞召开第一次党委会，各军军长参加会议，主题是总结第一次战役和部署第二次战役。

会前，志愿军司令部摆下丰盛的晚宴，为各路军首长接风洗尘。

志愿军的高级将领们此时才有机会聚在一起。跨过鸭绿江已有20多天了，在第一次战役的枪林弹雨和硝烟中，他们不分昼夜地指挥作战，每个人脸上都黑了一些，眼睛都熬红了，人也瘦了许多。

大家好不容易凑在一起，边吃边说，有说不完的问题、感受和话语。

时任作战处副处长的杨迪后来对这些闯过生死关的战将会面时的场面这样回忆说：

> 因为第一次战役旗开得胜，将敌人打退到清川江以南去了，来参加会议的各军军长都很高兴。
>
> 第三十八军军长梁兴初见到我即笑嘻嘻地问："杨迪，你准备了狗肉没有？我很想吃朝鲜的狗肉。"

战役总结

我说："梁军长，朝鲜的洞里都被美军飞机炸毁了，我到哪儿去找狗呀。根据现在很困难的条件，我尽所能只准备了猪肉、牛肉罐头。"

梁兴初军长说："弄不到狗肉，那猪肉、牛肉也行，是不是还可以炒盘鸡蛋？"

我说："梁军长，你尽出难题，我要管理处尽量想办法让你们几位军长大人吃好一些。"

其他几位军长在一旁对梁兴初说："老梁，你看这荒无人因的矿洞，你要杨迪到哪儿去给找狗肉吃，不要难为他了，这不是在国内，是在国外呀！"

大家都哈哈大笑。

饭后，军长们一个个走进彭德怀的作战室。

这是大榆洞金矿一间三四十平方米的木板房子。墙上挂着巨幅作战地图。这里有几十部电台，每天与北京、沈阳、安东以及各野战军的军、师指挥机构保持不中断的联系。

作战室是南北正房，东面坐着彭德怀，西面坐着金日成、高岗，北面坐着邓华、洪学智、韩先楚、解方、杜平。几个军长和政委坐在南面。

会议开始时，邓华先向金日成介绍了参加会议的军首长。

志愿军的首长们一个接着一个地站起来，向金日成敬礼，金日成也同他们一一握手，问候。

介绍完毕后，彭德怀一脸严肃地宣布："今天开志愿军第一次党委会，主要是研讨作战问题，先请邓华同志发言，总结第一次战役的经验教训，然后将我们研究的第二次战役的决心与部署，向大家讲讲，大家讨论讨论下次战役这样打，行不行。"

邓华站起来，手里拿着各军的战报，走到作战地图前，指着地图说："这次战役，是在朝鲜战局极端严重的情况下，我们仓促入朝战斗的。

"由于我们战略指挥正确，达到了战略战役上的突然性，加上战役指挥灵活，能够根据战场上发生的变化不断改变作战计划，同时，全体指战员发扬了英勇顽强的战斗作风与近战、夜战的特长，经过持续 12 昼夜的英勇奋战，给伪六师以歼灭性的打击，重创了美军骑一师、伪一师和伪八师，取得了入朝作战的初胜。

"此次战役共歼敌 1.58 万多人，收复了清川江以北的全部地区和清川江以南的德川、宁远地区。更重要的是，我们取得了对美军作战的经验，对于以后的仗怎么打，我们心里有数了……"

彭德怀站了起来，说："我们志愿军出国第一仗胜利了！毛主席接到我们的报告很是高兴。起初，我们还担心，在没有制空权的形势下，和美军伪军作战，我们要吃亏。现在看来，这个困难是可以克服的，我们有近战、夜战的法宝，没有飞机，缺少大炮、坦克，一样可以打仗，而且打了胜仗。看起来，美国军队也没什么了不起的，我们不只打了伪军，也打了美军骑一师嘛！三十九军包围了云山的美军骑一师第八团，使其大部被歼，击溃了增援云山的美骑一师第五团，打得好！"

这时，解方插话说："当时，我和许多同志对高度现代化装备的美军为什么叫骑兵师疑惑不解。美军骑兵一师，是美国的王牌军，华盛顿开国时组建起来的。过去是骑兵，后来改成了陆军，但番号一直没变。部队虽然没有了马，但士兵的臂章上还留着一个马头符号。骑一师在美国军队中是有名的，从来没吃过败仗。"

彭德怀接着说："今天美国的王牌部队骑一师吃了败仗嘛，败在我们三十九军的手下了！四十军这仗打得很好，一一八师首战两水洞，吃掉了敌人一个加强营，打响了志愿军入朝作战的第一枪。毛主席考虑，把 10 月 25 日，就是一一八师打胜第一仗的日子，定为志愿军出国纪念日。这是一一八师和四十军的光荣。四十二军的一二三师和一二六师在东线打得很苦，立了功。他们激战 12 昼夜，阻击了敌人的进攻，完成了总部交给的牵制东线之敌的任务……"

讲到这里，彭德怀一贯严肃的面孔显出十分生气的样子："梁兴初！"

三十八军军长梁兴初一听是叫他，一下站起来答："到！"

彭德怀对梁兴初说："你坐下，我问你，你是怎么指

114

挥的？打熙川时，我们通报你们熙川只有敌伪军一个营，你们却来电报说熙川有一个美军黑人团，推迟了攻击时间，使敌人跑掉了。由于你们对敌情判断的错误，致使延误了时间，又由于你们行动迟缓，使伪军两个团跑掉了。更重要的是没有能够迅速及时地插到介川、军隅里，完成战役迂回、截断敌人后路的任务。"

彭德怀越说越生气，站了起来，来回走着，声音也大了，指着梁兴初说："你们三十八军还是主力军，被一个美军黑人团吓住了，使这次战役关键的一着，没有起到关键的作用，你们是什么主力军？"

梁兴初坐在那儿脸红脖子粗，将头低得没法再低了。

"梁兴初，都说你是打铁出身的虎将，鸟，鼠将!"彭德怀骂着没有切断敌军后路的梁兴初。

梁兴初来开会时见彭德怀不与自己握手便心知糟糕，但万万没有想到彭德怀骂起人来这么厉害！在上司和同志们面前，彭德怀竟一点面子都没有给他留。他的双腿不由得颤抖起来，眼睛盯着裤脚不敢抬头。

这个从来都只得到表扬的名将又羞又惭愧，满身大汗淋漓，两颗大门牙支在下唇上哆嗦，臊得恨不能一头钻到地下。

没想到彭德怀还是不依不饶："三十九军在云山打美国人打得好，四十军在温井打南朝鲜军也打得好，四十二军在东线也打得漂亮。只有你三十八军，我让你往熙川插，你为什么不插进去？啊，为什么不插？一个黑人

战役总结

115

团就把你们吓尿了？三十八军是主力？主力个鸟！"

梁兴初再也忍不住了。骂梁兴初可以，骂三十八军不行，这是一支多么光荣的部队！军人的荣誉感使梁兴初不由自主地低声迸出一句："不要骂嘛……"

声音虽低，但鸦雀无声的会场却人人都听清了梁兴初的这一句顶嘴。邓华心想完了，这下彭总可要发大火了，还敢顶嘴！

果然，治军极严的彭德怀雷霆大怒："不要骂，老子就要骂！"

"啪！"彭德怀一掌狠狠拍在桌面上，笑傲沙场的众将个个噤若寒蝉。

"你打得不好，我彭德怀就要骂你梁兴初的娘！我彭德怀要打得不好，你梁兴初可以骂彭德怀的娘！"

他继续恶狠狠地盯着不敢抬头的梁兴初："你延误军机，按法律当斩！骂你的娘算是客气！老子别的本事没有，斩马谡的本事还是有的！"

梁兴初再也不敢吭声了。

接着，彭德怀又批评了六十六军主力在龟城没有抓住美军二十四师，放跑了美军……

说到这里，彭德怀长叹一口气说："你们两个军呀，由于你们没有抓住战机，致使整个战役断敌退路的包围计划没有达到，使歼灭敌人两三个整师的战役计划未能完成。当然，这次战役打得不理想，我彭德怀也有责任，不能把责任完全推到你们身上。"

邓华、洪学智、韩先楚几位副司令员见彭德怀承担了责任，纷纷说："我们也有责任，没有当好助手。好在以后还有仗打，这次大家认真总结经验，接受教训，下一次战役打好就行了！"

接着，彭德怀走到作战地图前，用手指着上面的红色箭头说："第二次战役马上要开始了。我们决定采取诱敌深入、关门打狗的办法，把敌人引到清川江以北的山地，引进我军的包围圈，然后穿插分割，运动歼敌。这个作战方案，毛主席已经批准。

"麦克阿瑟宣布：要在圣诞节前结束战斗，进攻到鸭绿江边。吹牛！我看他麦克阿瑟太乐观了吧。让我们看一看他的兵力部署吧：第一线敌人作战部队共5个军13个师和1个空降兵团，约21万人。

"在西线，美军第八集团军指挥美第一军、第九军和伪第二军共8个师、3个旅和1个空降兵团。进攻方向一路在新义州方向，一路在熙川、江界方向。

"在东线，美军第十军和伪一军将由长津湖地区向江界实施突击，另一路沿东海岸向图们江推进。

"从整个态势来看，麦克阿瑟还没有接受教训，仍然是沿交通线多路分兵冒进，东西两线分离，后方空虚，便于我军实施战役迂回，断敌退路，给予各个击破。具体作战部署，待我们详细研究制定后再下达各军。"

这时，彭德怀看了看手表，接着说："天不早了，大家还要赶回部队去。你们都是高级将领，回去以后，一

战役总结

定要精心策划，周密部署。指挥员多用一份心血，战士就少流一份鲜血……"

　　夜色中，各军的首长们乘坐汽车离开了志愿军司令部，三十八军军长梁兴初气呼呼地走出会议室，一言不发地坐上汽车。汽车也像憋足了劲，吼叫着蹿了出去，它决心要显示出三十八军的威风来。

参考资料

《国史全鉴》本书编委会编 团结出版社

《共和国五十年珍贵档案》中央档案馆编 中国档案出版社

《中国人民志愿军征战纪实》王树增著 解放军文艺出版社

《共和国开国岁月》张国星 何明著 中共党史出版社

《风云七十年》郭德宏主编 解放军文艺出版社

《云山大碰撞》胡海波编著 军事科学出版社

《王平回忆录》王平著 解放军出版社

《抗美援朝纪实:朝鲜战争备忘录》胡海波著 黄河出版社

《抗美援朝战场日记》李刚著 解放军文艺出版社

《抗美援朝的故事》贺宜等著 启明书局

《血与火的较量:抗美援朝纪实》栾克超著 华艺出版社

《烽火岁月:抗美援朝回忆录》吴俊泉主编 长征出版社

《伟大的抗美援朝运动》中国人民抗美援朝总会宣传部 人民出版社

《开国第一战:抗美援朝战争全景纪实》双石著 中共党史出版社

《我们见证真相:抗美援朝战争亲历者如是说》杨凤安 孟照辉 王天成主编 解放军出版社